骆一禾诗选

常春藤诗丛

北京大学卷

西渡 臧棣 主编

骆一禾 著 陈东东 编

陕西新华出版传媒集团

太白文艺出版社

图书在版编目（ＣＩＰ）数据

骆一禾诗选 / 骆一禾著. —— 西安：太白文艺出版社，2019.1
（常春藤诗丛. 北京大学卷）
ISBN 978-7-5513-1679-8

Ⅰ. ①骆… Ⅱ. ①骆… Ⅲ. ①诗集—中国—当代 Ⅳ. ① I227
中国版本图书馆 CIP 数据核字（2019）第 024732 号

骆 一 禾 诗 选
LUO YIHE SHIXUAN

作　　者	骆一禾
责任编辑	张笛
封面设计	不绿不蓝 杨西霞
版式设计	刘戈
出版发行	陕西新华出版传媒集团
	太 白 文 艺 出 版 社
经　　销	新华书店
印　　刷	北京彩虹伟业印刷有限公司
开　　本	787 毫米 ×1092 毫米　1/32
字　　数	89 千
印　　张	8.125
版　　次	2019 年 1 月第 1 版
印　　次	2019 年 1 月第 1 次印刷
书　　号	978-7-5513-1679-8
定　　价	45.00 元

一座校园的创诗纪
——《常春藤诗丛·北京大学卷》序言

北大是新诗的母校。1918年1月《新青年》4卷1号发表胡适、沈尹默、刘半农白话诗9首，成为新诗的发端。其时，三位作者都是北大教授。从此，北大就与新诗结下了不解之缘。2018年是新诗百年，北京大学出版社出版了洪子诚先生主编的《阳光打在地上——北大当代诗选1978—2018》，收诗人45家、诗389首；四川文艺出版社出版了臧棣、西渡主编的《北大百年新诗》，收北大诗人107家、诗344首。两本诗选的问世，让更多的读者注意到北大诗歌的深厚底蕴和巨大成就。即使不做深入的研究，单从两本诗选也不难看出北大诗歌在中国新诗史上独特而重要的存在。实际上，从初期白话诗到新月派、现代派、中国新诗派，一直到新时期，北大诗人或引领风气，或砥柱中流，几占新诗坛半壁江山。中国的重要高校都曾为诗坛输送过重要诗人，某些高校在某一阶段连续为诗坛输送重要诗人的情况也非孤例，但在长达百年的历史中一直不间断地为诗坛输送重量级的诗人，把自己的名字和新诗历史牢固地焊接在一起的情况，除了北大，还难以找到第二所。

北大的特征向来总是和青春、锐气、自由精神联系在一起。鲁迅曾谓"北大是常为新的，改进的运动的先锋"。然而，北大是"发于前清"的，它的那个前身其实是充满暮气和官气的。从京师大学堂到北大是一次脱胎换骨。这一次的换骨，蔡校长自然厥功甚伟，但在我看来，胡适诸教授创立新诗也功不可没。《北大百年新诗》，我开始是提议叫"创诗纪"的。这个名字也只有这所学校的"诗选"用得。从那以后，胡先生"创诗"的那种勇气、担当和"为新"的精神，在出于那所校园的人们中是常常可见的，也是弥漫在那个看似古老的校园中的一种空气。因为是空气，所以常常会浸润师生的身心，而影响他们的一生。

新时期以来，北大诗歌在队伍和成就上毫不输于此前的任何时期。这个时期北大诗人不仅人数远超前期，在诗歌的题材、内容、意识、技艺上也有重大变化，使新诗得到一次再造。也可以说，新诗在这所校园再次经历了一个"创诗"的过程。骆一禾、海子、西川是这一时期最早得到外界承认的北大诗人。3位诗人的创作有力地改变了新诗70年来的固有面貌，特别是骆一禾、海子的长诗写作所体现的才华、抱负、热情，均为此前所未有，他们富于音乐性的抒情方式增进了人们对现代汉语歌唱性的认识。比骆一禾、海子、西川稍晚开始写作，但同样在20世纪80年代初就写出成名之作的是臧棣。臧棣对诗歌之专注、思考之深入、创作之丰富，在当代诗坛罕有其匹。臧棣擅于以小见大，他以大诗人的才能专注于写短诗，使短诗拥有长诗的气象。戈麦是另一位才华特具的诗人，他以一种分析、浓缩、激情内蕴的抒情方式改变了当代抒情诗的面貌，成为20世纪80年代末90年代初特殊转型时期的代表诗人。这一时期，北大还涌现了清平、麦芒、哑石、西渡、雷格、杨铁军、冷霜、胡续冬、周伟驰、周瓒、雷武铃、席亚兵、王敖、马雁、姜涛、余旸、王璞、徐钺、王东东、范雪、李琬等上百位活跃诗坛的新诗作者，北大诗歌真正进入一个百花齐放的时代。从这些诗人变革新诗的努力中，不难看到胡适教授的精神隐现其中。正是因为有这种精神，新诗并未如一些不怀好意的预言家所预言的"五十年后灰飞烟灭"了，而是在变革中不断生长着，壮大着。这个时期，新诗成了北大校园最醒目的风景，诗人气质也成了北大学子身上突出的标志之一。新诗和北大的关系变得更为紧密。

无须赘述，这个时期的北大诗人与校园外的当代诗歌始终有密切的联系和互动，是整个当代诗歌不可分割的组成部分。同时，北大诗人又没有盲目跟随外界的潮流，体现了一种宝贵的独立品质。这种独立品质最重要的一个体现就是其严肃性。对于北大诗人来讲，诗从来不是一种功利的、沽名钓誉的工具。这种严肃性也使得北大诗人内部同样保持了个性和诗艺的独立。北大尽管诗人辈出，队伍庞大，却未利用这一优势拉山头、搞团伙，以在利益分配上获取额外好处。北大诗人再多，却并没有北大派。实际上，北大诗人一直是诗坛的一股清流，是维护诗坛健康、推动诗歌健康发展的耿介而朴直的一股力量。而这一品质的源头仍可以追溯到胡适初创新诗之时为新诗所确立的崇高文化使命。

本诗丛选入 20 世纪 80 年代以来 8 位北大诗人的诗选，他们是：骆一禾、海子、清平、臧棣、戈麦、西渡、周瓒、周伟驰。为了展示每个诗人的整体成就，我们特邀请诗人精选自己各个时期的代表作品，将诗人几十年创作的精华浓缩于一册。这样的编选方法，也是为了方便读者在有限的篇幅内欣赏到更多优秀的诗作。骆一禾、海子、戈麦 3 位诗人英年早逝，我们特邀请诗人陈东东担任《骆一禾诗选》的编者，西渡担任《海子诗选》《戈麦诗选》的编者。陈东东是骆一禾的生前好友，也是成就卓著的诗人、诗歌批评家，可谓编选《骆一禾诗选》的不二人选。西渡熟悉海子、戈麦的创作情况，也是编选《海子诗选》《戈麦诗选》的合适人选。

需要特别说明的是，新时期以来北大诗人众多，八人之选实在无法容纳。现在的这个名单虽然是几经权衡确定的，但并不代表其他的诗人在才华和成就上就有所逊色。实际上，一些诗人由于已有类似本诗丛编选体例的选本问世，故此次不再重复收录。另外，我们也希望日后可以为其他北大诗人提供出版机会，进一步展示新时期北大诗人、北大诗歌的实绩。

编者

2018 年 10 月

编者序

    几乎从写作之初，骆一禾就以文明为背景对诗歌进行了周密的思量，他将自己的事业和使命跟以诗歌去处理循环涌动在时间里的文明主题关联在一起。在他看来，诗歌与文明互为因果，文明之生即诗歌之生，反之亦然。他参照斯宾格勒的观点，认为我们正身处某个旧文明的末端那种"挽歌、诸神的黄昏、死亡的时间"，但这也让我们身处一种新文明起始的"新诗、朝霞和生机的时间"，他因而迈向史诗性写作。

    对自己写作性质和道路的确认，使得骆一禾跟20世纪80年代唯恐不够实验性、不够先锋派、不够现代主义后现代主义的诗歌时尚拉开距离，去建立自己的大诗歌构想。在给朋友的一封信里，骆一禾说："我感到必须在整个诗歌布局的高度上，坚持做一个独立诗人……"他写于1987年5月的《美神》，提出"情感本体论的生命哲学"诗观，强调诗"是生命在说话"，而"生命是一个大于'我'的存在……整体生命中的个人是无可替换的……在一个生命实体中，可以看见的是这种全体意识……"。对"整体生命"或"博大生命"的看待，成为骆一禾的诗学基础："语言中的生命的自明性的获得，也就是语言的创造。"

骆一禾留存最早的诗作写于 1979 年，1987 年开始，他的写作高速进展且不断加速，直到 1989 年 5 月突然中止……他离世时年仅 28 岁，没有来得及完成其宏伟的写作规划。最后两年多时间，他把主要精力用于长诗《世界的血》和《大海》（未完成），两部诗加起来竟达七千多行。这两件大质量的作品，把骆一禾的全部写作集合为整体。尤其他长诗中的许多行、许多片段和章节，正是从自己历来写下的短诗、中型诗和系列诗中采摘整合而来，就更不妨将它们视为同一写作在各个枝干上贡献的花叶和果实——的确，骆一禾的全部写作正可以比喻为一株巨树，其根本来自大地，呈现着千姿百态。

这本诗选出于篇幅原因，没有编选骆一禾浩瀚的长诗。不过如前面所言，其长诗以外的写作，未必没有折射他最为看重的长诗和史诗性。同样依据篇幅，第一辑编选其短诗，第二辑编选其中型诗。骆一禾一直在推进的几种系列诗，是其写作比较特别的方面，从他的系列诗，往往能想见它们最终可能会长成怎样的长诗形状，或许它们已经算是另一种长诗。第三辑里，编选了他用力颇多的"祭祀"系列诗。这样三辑诗，希望能标示骆一禾诗歌之大要。

骆一禾看到"中国文明在寻找新的合金，意图焕发新的精神活火"，并以其写作加入进去，编选和阅读骆一禾，也为了像他一样加入进去。

陈东东

2018 年 8 月 24 日　上海

目 录

辑一

辑二

辑三

辑一

一度相逢

人是思想的芦苇。

——巴斯卡尔

沉默着

在听觉的树梢上

倾听着心灵觉悟的乐曲

我隔着

　月光中的水面

　秋天的雨

遥远地注视你

我抿紧了嘴唇

安详地和你相逢在记忆

像独木桥边

友好的陌生人

像暴雨后的两支芦苇

若有所思地吹着风笛

1981 年

桨，有一个圣者

有一个神圣的人
用一只桨
拨动了海洋
蒙昧的美景
就充满了灵光
天明的退潮遗下了彩霞
夜里闪光的菌类、贝壳、石英
宛如醒来时旋流的思想
成串的追忆
和细碎而坚硬的希望
那位灯塔一样
神圣的人
鼓起我张满的帆
引导我认识并且启示海洋
像他手中的船桨

1981 年 10 月 8 日

先 锋

世界说需要燃烧

他燃烧着

像导火的绒绳

生命属于人只有一次

当然不会有

凤凰的再生……

在春天到来的时候

他就是长空下

最后一场雪……

明日里

就有那大树的常青

母亲般夏日的雨声

我们一定要安详地

对心爱的谈起爱

我们一定要从容地

向光荣者说到光荣

1982 年

河的旷观

虽然
倒下的风
还在森林里
黝黑地做着苔藓般的
青色梦

大河今日
到底像祖国一样
奔流了……

曾经作为碑座的云石
苏生着
雨水和春雪的纹理
不必在一个
被指定的义务里
尽自己的义务

高天上

万只白鹰

抖动着银色的羽毛

雪在春天

痛楚地酿成了

坚持不懈的生命

具有了

被白天和黑夜承认的

极地的弧光

虽然活着

并不成为一个形状

却没有

不成形状地

活着……

大河

扬起了莽莽的波浪

1983 年 5 月 7 日

翼之上

快飞吧
在起飞的时候
你们每一个人
都觉得自己生来就是
为了飞行

现在你们问我
真理在哪儿
又宁可认为
回答就是谎言

我只不过是以飞行为生
带你们横过风向
不是为了
成为风

我渴望家园
渴望她的葡萄架

也许这一次
我还能找到沙地
认出棕榈　　得到太阳的浆汁
但英雄离真理都是很远的
为了成为天体
有多少信天翁
失去了天性

并不是所有的心
都能以翅膀的旅程来丈量

我宁愿自鸟群中迸裂
红水晶如雨一样洒落
那是剧动不已的心灵
它沾满尘土
它失去身体还在悸动
它忽然想到

曾有一树莓子
鲜红地爱了它

只有它不能掩埋
只有它
滋润了空气的呼吸
寂静无声
告诉你们……

歌　手

入夜了

真正的歌手都在这时穿过大街

瞭望天空

并且想念朋友

明亮的嗓子沉默了

使他的心也变得宁静

白雪如灰鹳一样降落

埋住了天空的身影

我独自走动

双手沉甸甸的

万岁　我亲爱的朋友们

我怀着容易激动的血液和想法

安静地走过整座城市

心里没有仇恨

我知道

当我歌唱起来

这街道就是属于我的

我把它称作六弦琴

我歌唱一条宽阔的街道

积雪上驶过朋友们的载重卡车

拖着六根原木

沿路敞开森林的气息

奔放的纹理从伤口朝向人们

以它巨大的智慧

让芳香去说话

使那些健康的人们

想起太阳

看见自己在种土

田埂的陶罐上

有一朵紫云英花枯萎了

还举着她的香味

我知道

当这支歌子响着的时候

有无数少年

在沉睡中

让自己的梦背起沉重的骨骼

越过窗口

跌倒在一片月光里

缓慢地

他们在一夜之间长成

春天充满了他们水一样的身体

1985 年 2 月 2 日

雪

谁说我不会
被晴朗的天空击倒
不会连影子也埋在地下呢

大雪是被天空放逐的
鼓荡着温暖的岸
只有小雪
是我的岸　是我的回声

雪　长久地
蒙盖了腹地
声音传得很遥远

以我的惊涛
站立在大地上

并且以惊涛思想

你可要蜷曲得暖和些
轻轻地睡去吧
属于你的就会是

第二天

1985 年 6 月

雨　后

正当雨水奔腾
大铁桥上一片苍响
载重卡车堵塞了
最后的闪电　白亮地
映出一队队巨兽

月亮如一团霜
一块瓦片
那抹橘色的云很快消逝

平原是如此辽阔
无数黝黑的枝条披离
在燃着的烟草之外
弥漫着雨湿后树皮的香味
在寂静中你知道

自己是明亮的

你知道家园不可能随着灯光
延伸到旷野上
但还会想到一扇窗户
与那河流般跳动的胸口

1985 年 7 月 14 日

断　歌

那树木开辟的平原呐
林涛已经稀少

那长歌当哭的　流血的
云彩呵　为什么那么美
那电光劈开的大树呢
还有另一半

那累死在早霰里的耕牛么
犄角抵在了土里头

那——
一曲九折的——大河呵
流在心里头
那隔断了乡关的——大河呵

湿透了月亮

和玉米

1985 年

闪　电
——写给自己

大地昏沉

注视着城市在脚下飞去

我斜跨着播种者的步子

当然

我杰出的思想旋转着

向四周抛撒出

热情　　雨水和冰凉的葡萄

是不可能看不出的

——一大团酷似我的黑暗

　　无声无息

只有在它即将进入我的时候

它突然明亮

在我的漩涡中消失了

在我的心地里

躺着一排修长的银钥匙

感觉到此刻穿透我的那种超绝和完美

并知道我身边那些人

那满头的黑发和感情

都不是过眼云烟

我无法替代

于是

一场大雨在我的背后轰然坠下

巨鸟冲天而起

红太阳在我的心口滚烫翻腾

1986 年 8 月 9 日—10 日

灵 魂

在古城上空

青天巨蓝　　丰硕

像是一种神明　　一种切开的肉体

一种平静的门

蕴含着我眺望它时所寄寓的痛苦

我所敬爱的人们在劳作　　在婚娶

在溺水　　在创作中

埋入温热的灰烬

只需一场暴雨

他们那遥远的路程就消失了

谁若计数活人　　并体会盛开的性命

谁就像我一样

躺在干涸而宽广的黄泥之上

车辙的故迹来来去去

四周没有青草

底下没有青草　没有脉动的声音

只有自己的心脏捶打着地面

感觉到自己在跳动

一阵狂风吹走四壁　吹走屋顶

洁白的飞鸟

在心脏连成的弦索上飘舞着

于是我垂直击穿百代

于是我彻底燃烧了

我看到

正是在那片雪亮晶莹的大天空里

那寥廓而稀薄的蓝色长天

斜对着太阳

有一群黑白相间的物体宽敞地飞过

挥舞着翅膀　连翩地升高

1986 年 8 月 16 日

恐 惧

白天写下的第一本书
夜晚便被焚毁
一汪鲜红的湿纸如鱼

鸟群拍动着翅膀
在裸体美人的上空麇集

渐渐我们都不回来
而这个世界上
最后的一对恋人
守护着成行的固体

1986 年 10 月 15 日

青 草

那诱发我的
是青草
是新生时候的香味

那些又名山板栗和山白果的草木
那些榛实可以入药的草木
那抱茎而生的游冬
那可以通血的药材　明目益精的贞蔚草
年轻的红
那些济贫救饥的老苦菜
夏天的时候金黄的花朵飘洒了一地

我们完全是旧人
我们每年的冬末都要死去一次
渐渐地变红

听季节在蟋蟀中鸣叫

而我们年复一年领略着女子的美

花萼四裂

花冠像漏斗一样四裂

开裂的花片反卷

白色微黄　有着漆黑的种子

子房和花柱遍布着年轻的茸毛

因为青草

我们当中的人得以不被饿死

妻子在苤苴的筐子里度过了难产

她们的胶质

使丝织品泛映光泽

你该爱这青草

你该看望这大地

当我在山冈上眺望她时

她正穿上新衣裳

1986 年 12 月 1 日

大 河

在那个时候我们驾着大船驶过河流

在清晨

在那个时候我们的衣领陈旧而干净

那个时候我们不知疲倦

那是我们年轻的时候

我们只身一人

我们也不要工钱

喝河里的水

迎着天上的太阳

蓝色的门廊不住开合

涂满红漆的轮片在身后挥动

甲板上拥挤不堪

陌不相识的人们倒在一起沉睡

那时候我们没有家

只有一扇窗户

我们没有经验

我们还远远没有懂得它

生着老锈的锋利的船头漂着水沫

风吹得面颊生疼

在天蓬上入睡的时候眼帘像燃烧一样

我们一动不动地

看着在白天的绿荫下发黑的河湾

浓烈的薄荷一闪而过

划开肉体

积雪在大路上一下子就黑了

我们仰首喝水

饮着大河的光泽

1987 年 3 月 7 日

黑　影

沿着那条暗红的走廊

走下去

暗红色炭火焚烧一幅鲜红的绸子

世界这么大

世界飞转着

疾病给人留下深刻的印象

肉体衰老了

墙皮剥落了

这条路的尽头亮着一盏红玻璃的灯

回头关紧铁门

风不再作响

铜把手向前谛视

这时候前方站着一条黑影

呵　亚洲中部的高山和平野

兴都库什　耶路撒冷和北京

1987 年 3 月 7 日

夏　天

脱离花朵

春天已经来过了

当凝望果实的时候

过程像是回忆

是睡莲覆盖着蓬松的叶子

火焰在青萍凫鸟中衔着

这时候动力在休歇

日光在笼罩

劳动者的草帽遮盖着面颊

只有金属露天

矿山和源头

生活在对岸震响

一张弓划开了月亮和它的影子

蝉声不断地咬着玻璃

已经完成的
疲倦地握着双手
坐在谷子上

而液体在薄绸下拍动翅膀
一种甜的元素慢慢回风
洪炉熄灭了
无形的波动捧着果实
手指无措
编织的习惯仍在进行
昏昏欲睡

这时候
那个铁匠打造了精细的银碗
在空气混浊的屋角闪烁
太阳大块地压着他的棚子

1987 年 3 月 10 日

雨　阵

雨刚刚停过

拍着玻璃

暗色的窗棂清晰

那是轮廓

是我的双手轻快地开启

这时候拥抱者的双手使空气清新

这时候午夜在草中流血

眺望明月

一大块灰色的云急速旋转

我笔直地通往世界

1987 年 3 月 22 日

云　岭

高空的尖喙
金光灿烂。云顶通红。河流急驰的古城。
屋顶的披挂上接孤峰
莲花耸动

青隐隐的莲实膨作云朵。光轮射出
四瓣的花粉晶莹开裂
如金、如纯、如星辰
背阴地长渡着飓风

有云岭的暮霭
滚滚而下
寺墙如山削　　如怒海的一体
巨大的石础高踞在悬崖千仞　　狂风席卷
抓走紫黑的泥土

于是　危寺塔顶的旌旗长在我的心头

大如磐石的意志

点亮我的行踵

1987 年 7 月 22 日

六月之歌

你看那些大飞翔里的鸟群
它们低旋的翅膀
　　　在长空中转动着蓝天的车轮
我停留在伐木场上
翘首南面　迎接纯然的海风

原木破裂开来的巨响
好像一个黑人
当原木轰然作响　鸟群们
　　　在海水上扑动翅膀
白浪因此而更加饱满
我被成块地切开
掉落着犀利的　芳香的粉末
　　　被一阵风急速地抹净
　　　粗糙的茬口

我爱那些起伏的鸟儿们

在海面上鸣叫

好像炎热的夏天里的玉米

我被晶莹地切开，金黄的松脂

一块块地洒落四周

　　一面飘扬的

在风中撕碎的旗子

翻动着那些永远的鸟儿

它们歌声敏锐　好像敏锐的海洋上

一队狭长的唱针

拨着烈火的弦子　骄阳的弦子

风和我的弦子

光线静默地渡过海面

我们如同明亮的涡轮，大树的

叶片　依次上升

从茂林的冠顶

眺望着水边的墓园：它

就像母亲们擦拭过眼泪的手巾

伐木场上　我们的生活

像这个世界，像飞转的锯齿
不断斫削着宝贵的青春
让我们爱六月，让时间在浓荫里
发出流逝的光芒

在晚霞如锦的时候
我洗净双手，走上濒水大山
看松林在海风的扑袭中高高翻动
海面的响声如同沉重的水银
那是
六月在暗处，在天堂里
回想起古时候广大的帝国战争

1987 年 8 月 14 日

洁白盐场

洁白盐场
稍纵即逝的渴望
我疾风的驿站　海水之园
口含着锋面闪光的利剑
睡在惊雷的北面

众鸟回旋的翅膀高响
精神的情深日远
大海翻卷着泡沫
逆风而归
倾斜在我的胸墙
洁白盐场　我的伤口
使我不能疲倦

洁白盐场

春天的移动

吹过干燥的衣襟

洁白盐场　劈开黑暗

火的灵怅然若失

使我的双手暗自感动

蓝锦的四肢在星辰间远扬着桡片

独自划行

洁白盐场

大海之外夏日的雷鸣

垂直笼罩我的头顶

上方是大海的嘴唇对面歌咏

1987 年 10 月 1 日

乡村大道

那喜悦的翅膀就在我的头上高高轮过
比我屏张的大气还要轻微地扑击着
并且吹动着
白花吞吐于连袂如云的黑土上
漆黑的　黎明的枝条
倾斜于皎洁的廊宇那诗性的长拱

幸福——这呼声
中阻在我胸腔里洞开的窍孔
如十只紧握水流的手心

拉平我的翅膀　使我的高粱尽洒
使我如钉穿在大海上那磷光闪烁的悬崖
然后刨断我的青春
我只能拥有它的意志　它的力量

和它裂响着的高扬与鼓舞
它尘埃的四射　打在白石上和打在颤抖的布匹上的
乡村

我倒在哪一种土上
我的头颅砍失在哪一种生命
断首的长虹贯耳　大地之薄釉与大地之泥土

倾听着
蚱蜢在秋天里燃烧
倾听着尘土低垂的消磨麦地的碾盘
倾听着辘辘转动的大地之门
　　　　　以及
　　　　　那发光的日轮

大地之门在我们的发梢间轰鸣着合上
大地之门就这样收容我们的视线
　　　　　我旋流于土地之上
那朝阳的晨色　轰鸣着
轰鸣的大地之门

它是怎样碾压着大路上的手指的呢

它是怎样碾压着来自空地上的呼吸的呢

大地之门不可摧毁

薰语如风　自东南而来

鼓动着妹妹红艳的胸膛

如灿烂的阴影

我的两耳拖曳着高轮如日的车子　响声陷于大地

如灿烂的阴影

车载冬天以北的气候　名城之下的矸石

大地之门不可摧毁

移动在石头上方

把我们砂土制造的声音擦净

1987 年 10 月 4 日

麦地之门

走向麦地之门

鲜血泼在捅破的谷仓

短暂的苍口照亮乌云

那长风吹袭的诗篇　今日你搬动什么矸石

穿过怎样的双手和晴朗的日子

装满马车的麦穗

收割了多少灵魂

意愿向生命的方向活着

生命之畔的庄稼、甘草和鬼魅

瑞雪上的亮迹也一起成活

天运的记忆这样惊人

一切都保存着　死也一样完整

我就这样深入光明

道是一种冥思

如牛群昼夜行犁

你知它多少次雷霆滚过

而路程仍是跋涉

空气稀薄的地方埋着明亮

我的两耳粗糙　双腿粗糙　白日粗糙

如大风飘过

而麦地之门自然关上

而植禾之人席地而坐　另一个人站立

手扶锋利的长刃刈刀

麦地之门日夜矗立

门前遗失兄弟们的金头

1987 年 10 月 6 日

47

断 章

在大路上眺望
我生之飙风
水生的野菖蒲葱茏于闪光的河面

我自与那背面之人相遇
而我们两人不能相遇
相遇时　唯有语言高悬
两坛上好的石子黑白分明

我今年是秋风一度
他却是死死生生　寒风凛冽

1987 年 10 月 10 日

辽阔胸怀

人生　雷刑击打的山阳，那途程上
一个人成长
　　　　　另一个人退下如消逝的光
人生有许多事情妨碍人之博大
又使人对生活感恩。
在阴暗里计算的力量来到光明，多么恼恨。
谁不能长驻辽阔胸怀
如黄钟大吕，巍峨的塔顶
火光终将熄灭，只剩下洞中毒气
使穷兄弟发疯

在林中眺望河口与河面
一条鱼，一群裸身渡河的人，一匹矫健的
无鞍马，正在阳光下闪烁
并不在心中阴暗

　　　　　　　　　　1987 年 10 月 10 日

滚 石

旷日持久，那种碰撞就多了
裂痕使人毫无办法
像金属，像父亲被儿子偷盗
呵，滚石
微妙的谎言
在明了一切后的暗地里升起
探出它锐利而纤细的触丝
产生的越多
在空中像游蝗一样的流言就越多

离开伊甸园，收起修枝的剪刀
一辈子不再使用
不能再于尘世的园子里
带着刀，并听到钢片在枝条里
绞得噼啪作响

游戏使生活有毒，声音破坏劳动果实
人在生活中死去
四围的大城都在夜空中消失
劳动如墨绿的黑麦
也会被谎言收割

秸秆冰凉寒冷，绽开的果粒掉落
无声无息，是那么尊严
它赤裸地放在那里，每一个过路人
只是拿走它的一份儿
使劳动者两手空空

你看那些吹落的叶子
短暂地滚过一辆破车，树立
然后红了
而一块大石头就在这时
拼命滚来。

1987 年

葵　花
——纪念凡·高

雨后的葵花，静观的
葵花。喷薄的花瓣在雨里
一寸心口藏在四滴水下
静观的葵花看凡·高死去
葵花，本是他遗失的耳朵
他的头堵在葵花花园，在太阳正中
在光线垂直的土上，凡·高
你也是一片葵花

葵花。新雨如初。凡·高
流着他金黄的火苗
金黄的血。也是凡·高的血
两手插入葵花的四野
凡·高在地上流血
就像烈日在天上白白地燃烧
雨在水面上燃烧

凡·高葬入地下，我在地上
感到凡·高：水洼子已经干涸
葵花朵朵
心神的怒放，如燃烧的蝴蝶
开放在钴蓝色的瓦钵上

向日葵：语言的复出是为祈祷
向日葵，平民的花朵
覆盖着我的眼帘四闭
如四扇关上的木门
在内燃烧。未开的葵花
你又如何？

向日葵，你使我的大地如此不安
像神秘的星辰战乱
上有鲜黄的火球笼盖
丝柏倾斜着，在大地的
乳汁里
默默无闻，烧倒了向日葵

1987 年 12 月 12 日—16 日

光　明

光明不可变乱　不可以云白的俊塔
在一生中抵达
大地和崇山峻岭、蓝布上的麦子
多少面褴褛的旗帜
斜倒在上百个年头
苍穹如浪、如磐石积累的石堆
打在行人的脸上、打进大寺和城墙
为我留下鲜红的图案
上有猛禽凿击的盾牌、有鲜血在飒飒飞行
一百首头部未全的大塔

年复一年，向上匍匐、向上�行
而长年累月
带着干粮的首创者
覆盖着砖瓦、地衣和青苔

坚实的锤子和轻爽的尖顶，他们
长年累月，劳动在那里
一次次远过地面、一次次
合龙、一次次完形这个世界
口含着一把形同苦胆的钉子
在善恶之间、在威力和幸福之间
如一架长虹
飘举过沸腾的深渊　而他们是
大地上的理想
是高塔上的献牲，是悲剧所派出的
最好的建筑师和工人
大塔里安葬了多少运粮的巨人！
在震裂的虎口和海眼上

深渊为塔所镇压、所实有：
幽长的塔身隆造
都将我向下囚禁　我如黑色甲板
未完成的顶楼在人体上浮动
挥动着斧子、手扶着皎洁的光线
喝着砍下的一袋清水

光明是疑问？还是冲动？

多少感奋的人们在流域里

知难而返、痛哭而退

遍地有很多理由，欲使天地怆然

多少荒嵩的塔顶

也把归人废弃　青草为证

诉说着年月的永垂

生锈的斧背上鬼魂骑虎而沐发

幽灵妖异地唱歌

小歌谣心音即兴，曲子诗词功成而退。

那光明是一具炽热笼罩

长诗于人间并不亲切，却是

精神所有、命运所占据

光明是塔首人身，是一轮首创的性格

在太阳里睁开鹰头上的眼睛

被命运砍断

冒犯美丽和威慑

而每一个未来之前，那宏大的失败者的奇迹

也都建造了男人们的双眼

光明倾注、不许睡眠

1988 年 1 月 14 日

诗　歌

那些人　变成了职业的人
那些会走动的职业
那些印刷字母
仇恨诗歌

我已渐渐老去

诗歌照出了那些被遗忘的人们
那些被挑剔的人们
那些营地　和月亮
那片青花累累的稻麦
湿润的青苔　即大地的雨衣
诗歌照出了白昼
照出了那些被压倒在空气下面的
疲累的人　那些

因劳顿而面色如韭的人

种油棕的人　采油的人

披挂着白色胶片的人

刀　钻头　乳房和剑麻

骷髅的痛苦和漂泊的椰子

那些野惯了的人

肮脏山梁上的人　海边闪光的

乌黑的镇子

那些被忽视在河床下

如卵石一样沉没的人

在灾荒中养活了别人的人

以混浊的双手把人抱大的人

照出了雨林　熏黑的塔楼

飞过了苍蝇的古老水瓶

从风雪中归来的人　放羊的人

以及在黑夜中发亮的水井

意在改变命运的人

和无力改变命运的人

是这些粗人背着生存的基础

有人生活，就有人纪念他们

活过、爱过、死过 ，一去不回头

而诗歌

被另一种血色苍白的人

深深地嫉恨

他们从来也没有想过

写下这样的诗歌

为此　带着因低能而无名的火舌

向诗歌深深地复仇

1988 年 3 月 16 日

凉 爽

秋天我又来到海边
蓝色波涛起伏，沿海平静
沿海的高坡明亮
炎热垂直升起
而我沿着凉爽下来
通过一所被遗忘的土红房子
冰凉的沙粒坚硬
盐分在步伐里磨出响声
这时海风吹来，太阳西去
堤岸一览无余
岛云红闪闪地独自变黑
一个人在那里成为无限
而道路布满阴影
在海浪浇湿的地方高崖耸峙
极顶有黄色石块

1988 年 4 月 4 日

大　浪

钢蓝色波涛从变化中

直接站起

越来越高，从原地掀开

从不断掀开的怀中向外拔出自己

速度无声无息

滑下来，进入准确的位置

波涛的宁静就可怕了

浪峰打开

极点翻过骨骼

泡沫里鱼腹滚上水面

在沙子里更白，叉住极光

大浪连续变短

这时候谁有自己，谁能猜透

刚才是什么力量

在茫茫人海里，我听见它滚滚流来

终于使我脱离人海中细密的钩子

无数的钩齿滚过

一片刀伤使我的心放出光芒

当自然超过中心的时候

人只是一句废话

1988 年 4 月 5 日

薄 荷

早上起来，一匹烈马火红

烧开了我的心田

一匹火红的烈马在夜里

烧红了我的心田

那一天早晨春天浩浩荡荡

却只有一张马皮倒挂，垂下屋顶

那一天早晨春天浩浩荡荡

喂马的美丽女孩儿

也在不知不觉死去

美丽的嘴唇还含着一片翠绿薄荷

那一天早晨春天浩浩荡荡

她死亡是因为她是那样美丽

那一天早晨春天浩浩荡荡

翠绿薄荷刺痛了我们黑色眼睛

翠绿薄荷在这个世界太过美丽

秋　水

秋水之畔，高崖下有人迷途而返
有人瞭望太阳
长坐山崖　英雄故去
一点滴流的白河在高阳的台下
流水平了秋天

愿麦地有神，麦地有神
大地上的风寒
你又如何吹我
让我忘在心头似流水长明
太阳是我心头的古歌
堆满了石块

而百草辛辣而来
我已走遍平原

一盏碧绿的旗幡是为我招魂

蓝天游走

万里平原已是一片祷歌

1988 年 4 月 10 日

尘　暴

黄色天空，结满原子

建筑满是灰尘，水锈画出城市

水锈吸附着世界的面颊

光线里翻卷着清彻无名的蓝色狐狸

尾部蓬松，在灯光里剧烈燃烧

我被隔绝

我已浑浊

骨骼内部透明

在这座蓝色的星球上面对黄色天空

旋即风起。太阳远上中午

白白降临

旋即风起而尘暴下来

飞土洒在城池　　分享着四壁

黄色天空一旦消失

重量就四面逼近

皎洁近于邪恶

1988 年 4 月 10 日

日出时分

日出时分
大地黑暗的头颅白花开放
大地生命花谷，劲风一阵大过一阵
鹿母在洼地转动耳朵
我的绿色

有一种流水的面孔在我的面孔下闪亮
有一种流水的脸
长在我的脸下面放光
决定着岩石的图相
渐渐时光过去，记忆空回
在一定的背景上
我看见不同的面具戴上了它，好像是它
流水失去声音
我把流水叫作逝川

我们眼看着日夜不能舍弃

枕着自己的手

日夜形变，比往日更加强大

有一轮太阳在水面滚动

人眼照耀世间，而我涉过逝水

蓝波在地上拖着背影

生命是流水最短的步伐

因神秘而静静放光

而万有引力在阴影干燥的高崖上如风吹来

滚过眼睛

从背面的背面射入水上

有一种流水在太阳里闪光

越过石榴美貌，梦中的脸，石上的果实

在蔚蓝的美发里披下光芒

升上我久唱其中的山崖

日出时分

流水冲刷世界的脸

我被尘埃所吸附，沉睡在火焰中
梦见众人的脸，缨络
和残酷的肉，以及世界的血
日出时分我听见火焰在上面凝固
地球吹着云母和树叶

我要跨过漫长的桥　青石柱
跨过我对面的南风山脉
和声已经渐渐博大
日益敏感
它的声音已渐渐可以看到

来自太阳，在日出时分
再给我一些日子吧
我们无非是起落在太阳当中
或静静地奔向那里
看到诗章焚化
看到那火光在脸上扫过的时候

日出时分，烛火吹灭

一股白蜡的气味投向水底

我听见一声虎啸

感叹着流水的闪光、面颊的神

虎在上面不由自主地穿过青草

站在我的面前

从所有的诗章里面认出人

无论从日出里认得太阳

还是从太阳里

认出时间

他们在那里默默地砍着石头

流水静穆地吹过河面

1988 年 4 月 15 日

夜宿高山

在高山夜宿感到孤独
一捆镰刀砍上肝胆
在高山夜宿感到寂寥
一束火光砸中头颅

在高山夜宿
怀抱整个世界
我并没有改变我的初衷
长飙的力量如初

在高山夜宿手摸灵魂
渐渐走进高山内部
旋梯和神明通往野外
夜宿高山生下风景家族
生下血泪和耻辱

夜宿高山怀抱血染泥土

塔和星群

坐落在许多伤口上

火光比我的头颅更为完整

而肝胆遗落麦田

镰刀在丰收里震颤

九万里长风

在宿命里吐纳

而死亡在苦役场外观海

等待着又一位奴隶或青铜壁画

看万物互为建造

这垒石通过结构本身

夜宿高山是多么幸福

而我夜宿高山内部

感到无比沉重　并无光线或春阴

并无隐秘的岩层露出流水

而我夜宿高山内部

我必须从这里带来起源

使岩石透明

我正与这世界逆行而去
而所有转动
都把岩石搬进这个世界
我背着世界来到世界
而永远不为人知
他们是旧世界的生命或新世界的主宰
而我与他们相去遥远

走在雨中，被雨水打湿
或在气体里触摸树根
我正夜宿在高山内部
我爱那些盲眼睛的石匠刻着眼睛
把世界变得炯炯有神
在山巅上移动
只有痛苦万里无云

1988 年 5 月 21 日

为美而想

在五月里一块大岩石旁边
我想到美
河流不远，靠在一块紫色的大岩石旁边
我想到美。雷电闪在这离寂静不远的
地方
有一片晒烫的地衣
闪烁着翅膀
在暴力中吸上岩层
那只在深红色五月的青苔上
孜孜不倦的工蜂
是背着美的呀

在五月里一块大岩石的旁边
我感到岩石下面的目的。
有一层沉睡在为美而冥想

1988 年 5 月 23 日

黑 豹

风中，我看见一副爪子
站在土中，是
黑豹。摁着飞走的泥土，是树根
是黑豹。泥土湿润
是最后一种触觉
是潜在乌木上的黑豹，是
一路平安的弦子
捆绑在暴力身上
是它的眼睛谛视着晶莹的武器
邪恶的反光
将它暴露在中心地带
无数装备的目的在于黑豹

我们无辜的平安，没有根据
是黑豹　是泥土埋在黑豹的火中

是四只爪子留在地上
绕着黑豹的影子　然后影子
绕着影子

天空是一座苦役场
四个方向
里，我撞入雷霆

咽下真空，吞噬着真空
是真空的煤矿
是凛冽　是背上插满寒光
是晒干的阳光，是晒透了太阳
是大地的复仇
一条张开的影子
像野兽一样动人，是黑豹

是我堆满粮食血泊的豹子内部
是我寂静的
肺腑

1988 年 6 月 8 日—20 日

跪上马头的平原

感谢农业平原

这跪上马头的平原

在事实的号角声里

生活滚过泥土

我听到鬼魂的叫声凛冽

烟云四起

鬼魂坐在木门旁边，油漆剥落

把他们的面具举向人间

在鬼魂的面具上

我看到打碎的镜子：人间

我平静地看见鬼魂的额发

从一地薄荷中穿过

吃马的鬼魂，一直吃到马头

马儿湿润的舌头让飞马的血迹甘甜

无比甘甜

那毙命的农人卧在那里

卧在剥开的马皮边缘

跪上马头的平原　挣扎翅膀

被暴力吸上岩层

在我受伤的人体上迫降

嗨呀，在这跪上马头的平原

沉着的骨头没法收割

它没法收割

在这跪上马头的平原

1988 年 6 月 22 日

眺望，深入平原

在天空中金头叨斗鹰肉

我看到了现在

闪电伸出的两支箭头

相反地飞去，在天空中叨斗

火色盖满我的喉咙，一道光线

勒住过去的砂红马头，我看到

血泊清凉的锋面

一捆闪电射开鹰肉

这是命中注定，早在命中，勒住马头

光芒闪烁

鹰肉在天空叨斗。静听无数金头

移向黑影

蓝宝石的死神注视着马头

不可知的世界毕竟阴沉

未来的马头是变暗的马头，一道光线

头骨是多么镇定，危蹙的生涯无边
一道光线。在马头后面
我看到明晃晃的绿荫仿佛秋天
金色田垄凸出地面
褐色的步行人又热、又长、又平淡。一道光线

深入平原，那杀我的平原
马头上的平原刀光飞快
我爱的平原，了不起的平原
马头划破的平原忽明忽暗

1988 年 6 月 22 日

危蹶：或行路难

将疏松的土质刨去

砸进镐钎然后上升

古老蓝湖　在远处结冰

成锯状皎洁的野花　千层雪

冰碗如斗

银河陶冶在行人的背上

万林波动　　映衬你的只有霹雳

　　日光和古堞。剑峰如口

高山曲折扭造

震撼中的孤城四闭

银河陶冶在归人的背上

1987 年 7 月 22 日—8 月 16 日

桥

在黑白铁器中
两只翅膀闪耀在受伤人体

桥，人类工具
在我受伤的人体上迫降

运载工具的工具
迫降，把我的伤口挖得更深

桥下是土红的空间
暗影里阴凉的沙子与盒子，暧昧不明

这就是语言，它们一同迫降
而诗人走过了很多桥梁

1988 年 6 月 13 日—9 月 13 日

泥 土

倾听着蚱蜢在秋天里燃烧

倾听着灰尘低垂的碾盘

以及发光的太阳

我归为泥土

大地碾压着我的手指

这刺痛使我善待亲人

并在谈起我自己的时候

言语普普通通

打在白石上和颤抖的布匹上

在失败的生活下面

滚动着急流

而生活掠过泥土，变作同情

使我们彼此冷漠

1988 年 11 月 1 日

旧　历

在最严重的时刻

最简单的压力重新出现，重新为我们了解

不再记得的噩耗，仅有的沉寂

这时又与我们为伴

在最简单的日子里活过很久

没有复杂地活过

变得易于摒弃

简单的重复　　自作的委蛇

庸碌和匆忙

不加思量地倒下

以无知找到最坚实的生活

以一点忍受

在嘴的四周把一生继续下去

花生田里发热的圆形黄花低矮

却高过了墓碑

1989 年

漫游时代

愿尽知世界
我只有扶额远游
对一生的虚掷无法考虑
故我离我远去
背着斧头：这开采工具的工具
提炼和拓展的工具
因我在漫游中不能避讳遗失或首恶
在血泊里我只是一道漫游的影子

我能，我做，我熔炼
这是我所行的
为我成为一个赤子
也是一个与我无关的人

漫游者深入麦浪

不可知的荫凉，我自身的影子

深入青花、盐的遗骨
王国和铜
在沉入浓荫的深夜里睡于杀气

而漫游者啊

骨髓为累累的青花和雨王所侵略
鲜红的花冠
这不问方向的天敌的花
葵花　母羊和时间
其大红、剧烈和披靡
引我尽知世界
祝我成为那与我无关的人、那赤子
使无人更显得华丽

1989 年 1 月 4 日

渡　河

当年我只身一人跋涉

我只身一人渡河

石头飘过面颊

向天空挥出水滴，有一些面颊

在空中默不作声

时远时近

我头戴醴酒渡河

而今我又是

只身一人

在青翠山梁上我看见净土和影子

请容我在此坐下

怀念一会儿

激流变得更深

我已渐渐肃穆

听水声在石器外面激溅辗转

白色羊皮淙淙滚动

一只背粮的蚂蚁

与我相识

放下身上的米粒

问我背着大地是否还感到平安

……嗬　我感到热风吹过面颊

烈日晒着平伏的伤口

在温暖无边的大地上回忆是这么苛刻

1989 年 1 月 6 日

下雪和下雪

在血液里

骨肉不远，隆冬不远

仍有微风吹动

这时候身外仍在下雪

我们降生的日子和血迹未干

我想到一月的海面，浮鸥

正在海峡上飞过

那是什么人？或是我

刚刚收尽视线，走进什么样的生活

准备经受自己的心

温暖使来到世间的人们

感到了下雪

我的心中感叹

天生我又是一年。雪下着

我伏在海岸线上

发烫的头颅接近于盐和白茫茫的走兽

在尽头

      望见荒凉赤子的海

去冬的噩耗和灯笼发出细小的声音

在把我们征服

雪落到脚下

照亮白铜、门窗和绿锈

木栅上的叶子，呼吸的美

和雪一道进来

雪下着。是在下雪

身上盖满浑浊的火星

大理石深处的幽暗手臂

在睡眠中向我述梦

离开艺术，向我出现

在人间的黑卵石堤岸上

黑卵石的墙壁

黑大陆和黑甲板

雪的阴影在不停地滑落，这下雪

和下雪，正与我的文字相反

1989 年 1 月 6 日

观　海

从翻滚的海洋上，人们取走了多少内涵
它生活起落，反复无常
肉体从那里取得了光和热
用于人心的向背

这不能了解的海洋还在响动
世人是怎样的
我是大地之子又是骨肉之子
充满矛盾，痴心妄想
在大地上骨肉相残，我是否大地的骨肉
或大地在流血
在我的一只手和一只手上
我是否在写诗，我是否活着
不是前人的，也不是后人的

我的双手在渐渐经历性格和事物

心情从刀里把它收割

我回到秋之鹿苑，我经过

煤和月亮，经过海上风暴和海上落叶

一头仔鹿撒满阳光

那和煦的舌头

让我回到心灵，再回到物质

一阵鼓声从语言中渐渐打开

不是前人，也不是后人

浑浊的、粗糙的、彻底的

它的亲切让我惧怕

它和我一样简单，听我的胸口

哦，不要懂得我吧

诗中的骨肉只在手上永存

其他的都是粮食、死亡和饥饿

划破我的眼珠

不需要死去，活着这仅仅是逼真的

没有人能够再去睡了

不让别人，以自己的双手把我在寂静中安放

我祈求我不是真的

1989 年 2 月 5 日

为了但丁

这是不可篡夺的但丁

但丁不为真实所限，他永远青翠

不是真实，但丁的密林是真实的极限

比黑暗更黑暗

但丁指出了面目可憎

但丁从未说完

但丁使孤独达到了万般俱在

在其中占据的，必为他所拥有

在但丁之外长期分裂

但丁遭遇孤独，其他孤独成为可造

他只被发现，不被瓦解

在但丁的三书里

那些精英只一歌便已锋芒顿挫

被书抛弃

但丁之书不被经过

它充满光明，它的光线不是道路

但丁醒来，它的光线不是道路

但丁醒来

而沉睡中的人们仍是一群凶手

天堂的但丁

而不是文学的但丁

这永远是但丁和但丁的诗篇

为了但丁

未来垂直腾起，绵延而去的只是时间

在时间里我们写下渊薮

为了但丁

死亡也不能阻止，死亡是在到达的下面

和死亡我们只能谈论骨头

为了但丁

倾听风暴，然后熄灭

走自己的路，然后在那里焚毁，大火连篇

1989 年 2 月 20 日

灿烂平息

这一年春天的雷暴

不会将我们轻轻放过

天堂四周万物生长，天堂也在生长

松林茂密

生长密不可分

留下天堂，秋天清杀，今年让庄稼挥霍在土地

我不收割

留下天堂，身临其境

秋天歌唱，满脸是家乡灯火：

这一年春天的雷暴不会将我们轻轻放过

1989 年 5 月 10 日

白　虎

白虎停止了，白虎飞回去了
白虎的声音飞过北方，飞过冬日和典籍
浸入黄麻多刺的血迹
飞回去了

这是漫长和悠久
大地上成活的人们灾难而美
绿色血液随风起伏
灯和亚洲在劫
装满了白虎的车子
印度河上呜咽着黄麻和红麻
耶路撒冷的使者终生战败

这一年的春天雨水不祥，日日甘美。
家乡的头颅远行万里

白昼分外夺目

冬天所结束的典籍盛大笔直

1989 年 5 月 10 日

壮烈风景

星座闪闪发光

棋局和长空在苍天底下放慢

只见心脏，只见青花

稻麦。这是使我们消失的事物。

书在北方写满事物

写满旋风内外

从北极星辰的台阶而下

到天文馆，直下人间

这壮烈风景的四周是天体

图本和阴暗的人皮

而太阳上升

太阳作巨大的搬运

最后来临的晨曦让我们看不见了

让我们进入滚滚的火海

1989 年 5 月 11 日

五月的鲜花

亚洲的灯笼，亚洲苦难的灯笼

亚洲宝石的灯笼

原始的声音让亚洲提着脑袋

日夜做为掌灯人，听原始声音

也听黑铁时代

听见深邃湖泊上

划船而来的收尸人和掘墓人

亚洲的灯笼、亚洲苦难的灯笼

亚洲小麦的灯笼

不死的脑袋放在胸前

歌唱青春

不死的脑袋强盗守灵

亚洲的灯笼还有什么

亚洲小麦的灯笼

在这围猎之日和守灵之日一尘不染

还有五月的鲜花

还有亚洲的诗人平伏在五月的鲜花

开遍了原野

巴赫的十二圣咏

最少听见声音的人被声音感动

最少听见声音的人成了声音

头上是巴赫的十二圣咏

是头和数学

沿着黄金风管满身流血

巴赫的十二圣咏

拔下雷霆的塞子，这星座的音乐给生命倒酒

放干了呼吸，在。

在谁的肋骨里倾注了基础的声音

在晨曦的景色里

这是谁的灵魂？在谁的

最少听见声音的耳鼓里

敲响的火在倒下来

巴赫的十二圣咏遇见了金子

谁的手斧第一安睡

空荡荡的房中只有远处的十二只耳朵

在火之后万里雷鸣

我对巴赫的十二圣咏说

从此再不过昌平。

巴赫的十二圣咏从王的手上

拿下了十二支雷管

1989 年 5 月 11 日

辑二

河　湾

那些凉爽的居民
在发黑的石头桥上看什么
姑娘曳着人类的鞋子
走很远的路
照样洒满尘埃
边缘磨损　拖着回家的步子

也许是这淤苔的河湾
黑泥像壳一样张在日光下
使流水凹凸不平
吸引了一个固执的渔夫

穿着人类的衣服
帆布上结满锈红的河泥
一片一片的

不知是织品还是晒干的浆灰

挣歪了防雨的麻衣
只露出短了的黑头和汗碇
露出我们的眼睛
铁桶般的裤腿蘸在那有回光的泥水中
那是怎样的水啊

从湿冷的袖中伸出钩拒的手
两臂像春雨打湿的断枝
铁一样的乌黑
架开一张压弯了纲子的网
每一个绳结都没有鳞片闪烁
却淋漓着泥水

这是一双好长的手呵
打经验之鱼
这鱼类必得游过大片泥沼
或穿过呲白的草木根须
或拍击在污水之中

奋力跳跃

将一尾白光投往泽中

将苇叶打得噼啪作响

这不是鱼群的王国

也不是渔夫的王国

网前是鱼的黑暗

网后是渔夫的黑暗

只有网张大着空空的眼棱

你和我

都无法在这目光中自如很久

而渔人的眼睛久盯着那轮农民的太阳

残荷干乌的长梗缀满金斑

在他灼焦的眼球里

留下一团麻丝似的断线

留下专注

这渔夫子

该被打进铁画

静寂地守在雪白的墙上

最终他将一无所获
或是拾起一尾腮部灰白的鱼
人们将会失望
不管他怎样拾回屋去
独自在烧酒的盏中摇曳

生存如山
需要杂乱而众多
旷观被外力所压碎

1986 年 3 月 14 日

丝 绸

每一个人都因此而伫立

给予世界一个平面

绒圈锦显花的重组织

使你显得厚重

丝绸是一种长纤维

不像棉麻和羊毛那样需要捻纺

这纯黄而暖热的纹理

隐约在幽暗中的丝绸上

似乎如注的青草含着四月的奶水

而你的特别快车

靠着天河停下

我一阵阵的红马向你扑去

当你召唤我时

高扬的腋下有一阵阵披离的黑雨

暗色的花纹明晰而美丽

我为什么又想起你

铁锤在复线上砸着铁轨　　砸着枕木

辨认着冒出蒿子的砂碛地

辨认着寒风中清冽的葡萄

青翠而颀长

饱满得不会遗落

即使光轮不在

你不想再得到什么

你于命运无求

困扰的一体

也会怒放如花

成群的鲸鱼

正在一扇玻璃的后面

扬起白色的躯体

默然地注视

然后如旗的脊背远去

没有谁描写死亡

不用肯定的语气

除去那些唱死的诗人

没有一句话死去过

一千五百年的滩声　似乎旧时

不要以为这就是思想

它只是没有死净的话语

成了知识

那美丽的答案开满花朵

问题反复出现

所以永恒

实际上没有一句颂扬死亡的诗创造

只是注释

只是将活恐龙猎获

世间的月亮在丝绸上照着芒种

一阵阵的红马向你扑来

你将渡河

你将创造大地的艺术

沿海岸铺满丝绸

锦绣河山

这是美丽罗敷的祝愿

桑叶沃若

一万一千公里的海岸线

伴随我的是半岛　是港湾

是轮机长驾驶的

大陆的碎片

你心爱的船是要回来的

梅雨春黄地敲击着你的窗子

丝绸是我在远处时

你所留下的

小小的衣裳

走出来

靠在门槛上

你用水沾湿了你的门框

1986 年 3 月 30 日

落 日

在日落时分
那日出之时散出的又复追逐
常有人间的鬼魅
悄啮着影子

撕掳　侵袭和甜腻的狡狯
直到我扑杀在那戟立的草野
身上的器皿轰然崩坠
额角倾圮
躯体像光明的固体瓦解
像混浊的清水迅速被地面收干

我消耗在你们当中
被你们的涣散的青春　无辜地贪餍和享受
你们视为你们权利的占据

我怎能阻挡你们呢

而你们从未如此想过

你们连想也没有想过

一个人需要有那种无因之爱

那种没有其他人的宁静

幸福在天空中闪闪发光

也许一生只是为了它

只是短暂的一瞬

你们是永远不会知道的

谁又能责怪你们呢

我又能向谁提起

成千上万的人以为世界上本没有这种感情

于是一些人缩影为秘密

一些人完全空白

人生的端顶是这样锋利

使我的血淌下来

把雪山染成红色

紧紧地被落日抓住

聚集着　存在着
等于从来不曾有过
我化身为两条濡沫的青鱼
提炼为人中的人
一场枉然之雨

常有鬼魅集中在有鲜血和气息的地方
那带有花朵、摩电之光的平台
急速地旋进
粉碎在视线上
迅猛地向后倒去　流逝在望眼

是谁向我们许诺了孩子们将重新开始
开始于明天
而这种鬼魅　这种鬼魅依然如故
我们如此长久地看见灵魂
伟大的生命耗损为伟大的幽灵
我们的道路从幽灵里来
就像动物从雾里来

在晶体风化之前

水流便已注入它开裂的空壳

鸟群啄落的种子

和一只游走的扁蟹

或寄居于其他生命的甲贝

或自树洞中探出一只乌柏

红蜂颤抖着

把后代注射在螟蛉之中

这微小的剧战　是一则寓言

摇撼着广大的世界

一种语言未及消失便被新语淹没

一种死亡未及死亡便已脱胎

在得睹天光之日

我发现死亡在延续

最可怕的乃是这个活死亡

真正牺牲　作为陪葬的

只有我的躯体

躯体的语言是人类的语言

一去不复回来

迅暂不可即离

如此之美

那火红的　浓密的　响彻了天宇的声音

那巨轮

以及熔化而穿透的火眼

没有回声　无视回声

那焰与蜜包容着的巨流

本不是诋毁　赞美　应和或议论

我注视它　烧穿了我的双眼

我的激情自它而来

在我看见它的那一日

周身的颤抖使它喷耀出珥冕

在它绚烂的呼吸中我触目地看见

赤裸的大地

和舒展着双手　汗湿两鬓

温暖行走的爱人

红艳而丰美的胸口

细腻的阴影

来与去之间的充沛

这落日光闪闪地烧灼着

淋漓着鲜血

眼睛清澈地宁静着

倾注于我的面颊

她想着　面颊新鲜　放射着空气

这落日滚滚奔驰

扫过苍茫

把万里之外的望眼映照出来

自桥洞之下仰视着

我似乎陷落在这嘹亮的巨体中

开启一幅迎风的窗子

不可关闭的窗子　把我的肢体切开

在呼吸的吹拂　大地的摇撼　河流的奔涌

与那万里长风的每一束梢末的挺进中

随落日的吹拂　摇撼和奔涌

把我辟为一片阳光照耀的欲海

一片阳光照耀的智慧的花园

吊塔上的红星

正和悬臂上的红星一同摩顶　开花　结果

这生活的迅暂与真如

我满怀着它

站立在大地的旷声中

高压变电的火花成串地掉落在阒静的四周

1986 年 11 月 23 日—25 日

短途列车

傍晚　六点十分
短途列车从山坡平缓的地方
呼叫着返回
酸枣山梁的气息弥漫
大风轰轰隆隆地扫荡
玻璃上古老的风尘移动
在玻璃后面
每一个回家的人脸上
都打上一束落日的光轮
他们双手提着沉重的包袱
像铁锈一样挤来挤去
金子的光环
专注地敲响他们的额头

也就是在更晚一些的时候

九点四十

短途列车依旧驶过身旁

体内的灯向外注视

没有人会迷路

当夜晚来临

每一个夜归的人都会微微发亮

沿途很少有人下车

准确地消失在黑暗里

准确地敲响门扇

在乡亲们的沟渠上

一排通红的火花后面

有人向过路人发问

似乎该问路的不是你而是他们

到哪儿去呵

人们素不相识

既然上路

便彼此依靠

交换那些永远不会有名的地点

那都是一些小地方

甚至是大河湾流上一只木船

或备有酒桶的房子

通过熟识

安全之感也会打破

因为每个常来常往的人都会知道

在那盏厢灯下抽烟的男人

那个在底层知名的骗子

然而

这并不妨碍

递过去一支烟卷

他友好地收下　并且微笑

露出整齐的白牙

十点十分

河流枯水一线

父亲们　让我祝福你们

我在这条线上

已经过往了九百个来回

当你们回家的时候

开门的钥匙还要将门锁上
拉紧的帘子后面
年少的女儿正在独自沐浴
并且漫然地沦入幻想

熄灭了厢灯
并且让脚灯成颗地燃亮
可惜短途列车从不供水
如果能开着一列装满清水的火车
在中国的大地奔驰
那该是多么好呵

蓝灯在前方闪耀
汽笛长鸣
沉睡的农民突然惊醒
他已经坐过了三站
窗外的景色并不陌生
那都是亚洲的平原
瓦舍都是尖顶
只需要倒回三站

你就可以回家了

只有时间是倒不回去的

十一点五十

后排座位上空无一人

年轻的姑娘红颜美貌

宛如歌声

雪片似的双脚在寻找布鞋

踢响了鞋子上的铃铛

这时候

你们刚刚经历美妙的时刻

一盏莲花穿过你的心室

梦站立在座位上

沿着车内闷热的空气

迈出走廊

正向延伸的铁梯放射的寒夜

低旋着久久不去

站立着

已是午夜时分

月台上空无一人

迎接的人们只能在站口等待

那里十分拥挤

可以第一个看见亲人

这仿佛是一场洗礼

经历了盼望

没有人不曾像影子一样踱步

在道踏上走向车站

蓝灯中央的灯丝金黄

四周弥漫着紫光

那是你们的好日子

每一天只有一次述说

时间是我们真实的手掌

在夏天

在短途列车正点到达的时刻

一下火车

你就觉得自己老了

然而并不因此怨毒

生命就是这么朴素

它所有的东西都是你们的

这就是我和你们唯一的联系
然而你们和我是亲近的
如果它产生断裂
要么是非凡的幸福已经到达
要么是灾难正在来临

我最清醒也最可靠的时候
是在第二天早上
然而我必须始终保持
清醒与可靠
心要明白　手要坚定
我不能欺骗你们
或者在一刹那中同归于尽
短歌一样的旅程只有百年
在百年之中
我不会变得麻木

抚慰我的只有一个美丽的瞬间

对一个真正的人来说

也就足够了

那是在清晨　六点三十

短途列车启动

经过了锃亮的道口

经过了宽大的河流

经过了红石遍布的山沟

经过了一千五百米长的隧道

经过只有一匹马吃草的洼地

经过了只有一头牤牛翻过去饮水的

山坡

——一条

笔直的铁路如此欢乐

那三百里平原上的麦子

给我以酬谢

纤细

幽暗

一片绿光中的麦子

雄伟的车头

以晴天里清晰的轮廓

以白日里亮起的车头和全车的明灯

向它逼近

1987 年 7 月 16 日

云 层

珠母云　平坦的丘陵外面

温柔的灰色

大块的石头在我嗓子里滚动

雪山下面的灰色

跨着平原的双脚

珠母色的云层成行地移近

迈过春天里黑暗的名城

只有一捧云层上的树林

碧绿无光

并且不在高飞前浮动

那是谁站在这树梢的下面

仰望云层

英俊的儿子从他的绿叶中起飞

迎着太阳　向着悬崖下的海洋

坠落　被太阳击中

英俊的儿子

我的一大团熔化的金蜡

跌断他的头颅　披离他的黑发

从悬崖下腾起的

一千只鹤鸟中穿过

奔向他的生命

珠母云　我弥漫的云层

急速地吹卷着一本白纸

翻开他光明的身体

扑落在松软的开阔地上

松树撞击着巨石

巨石撞击着巨石

松树撞击着松树

大地是一种速度　一团枯瘦的水墨

迅速地扩大在瞳孔里

果树林鲜红地摇晃着　颤抖着

穿透我急剧铺平的黑暗

英俊的儿子漫长

为什么这样漫长？

珠母云　我张开的云层啊

让它在你云层的屋子里蜕尽亮光

溅起滚烫的泡沫

畅饮它的泉水冰冷

当一柱白云陡然升起的时候

我必然有所失去

你们罗列的是诗人

我所打造的是战士

云层的阵列汹涌地掠过

泥土抟造

大地完整地举向天空

跨出永恒

迎接你的生命便会将我战胜

珠母云　温柔的灰色

绿鸟的天堂

合拢流溢的云层

这时候无可回避

双手紧紧环抱灵魂

并且由衷地感到了那种美妙的器皿

当想象睁开双眼的刹那

磕进大颗的泥土

塔楼上的钟声响起

就在英俊儿子的身后

那是一道多么短促的亮光

刺在心头的亮光

祝你长生

泼水不止的云层下

两只透彻的绿马儿欢快地滚过

并且站立

汗水淋淋

1987 年 7 月 17 日

天　明

青隐隐的山冈呵
青隐隐的山冈
黄昏时分的闪电撩乱空气
无衣的仙子拉长了满身的水滴
子夜时分的白云

明亮的山头苍穹一线
明亮的山头
空气寒冷
冰凉地夺去我的双手
那温热滚动在尖削的岩窝上面
海洋翻滚着白沫
激溅着松开的浪花
翠绿的耳朵在礁石上伸缩
摔碎并且使胸口颤抖

哦　亚洲

荆棘耸立在高峣的山块
没有云河的山块
短刺的锋刃灼灼闪亮
箭杆急促
流镝射在身后
击落的却是流年的正中
舔舐着十个伤口

青山隐隐
坡冈上的紫云阴暗变幻
没有人迹的山顶平伸着宽阔的踪影
在什么地方
湾流突然转侧
湍急的手臂上面
石子滚动得一片雪白
鸟群宽阔地飞翔着　不停地周廻着
迎面扑来
撞碎在我的面颊
光辉的翎羽从我的两耳掠过

万物一望无边

而浓重的云河

浮现出晴朗的银色

发出一声美丽的啼鸣

你宽阔的踪影

布满了人世的匆匆

又有谁知道你　并与你为邻

掌握着一盏明灯

叫一个人坠落就是叫一个人灵魂坠落

脚印在道路上独自死去

鱼龙潜跃

原子的尘埃

一层层地栖迷于轻匀的花粉

你宽阔的踪影

在高峣的山地上

也曾刻下没有人攀登的图案吗

想起我求生的人们

一次次把原野走得很平

我不能拒绝那魅惑的影子

在明亮的山头

圆满的轮片转动着多芒的叶脉

蜡质深远　蜡质金黄　蜡质很厚

锯齿在双肩上插进

玫瑰裂着它芬芳的茬口

生存或者献祭

随时随地　遥对乌云漫卷

燃烧宁静

而且不知不觉

内心只要不再回避

青隐隐的山冈呵

青隐隐的山冈

两条赤裸的鱼苗站立　水站立

思想低沉地转动

带有浅滩的半岛巨大地铺向水面

扇形的湾流

光滑地展开

里面展现着思想的骨头

天明以后　天清气爽

阳光如注

一颗颗轻匀的尘埃徐徐升起

大地一片宁静

厚实　沉寂

涣散着峥嵘的石头

观海的人相对无言

鲜亮的少女浸湿了母土

此时此刻　云水清潦

内心有如冬天的苍穹

此时此刻

温柔的女儿们有福了

因为你将领受土地

明亮的山头上寂寞辉煌

热气吹拂着　缭绕上空

蜂蜜像悬垂的珠子

打湿了暖色的皮肤

海洋的深处云蒸霞蔚

1987 年 7 月 18 日

汉诗一束

云南

投掷阳光的实体。
亚细亚诸神战乱在云块两旁。

道路

义人们衡量心地的车轨
我此去头顶祭祀你们的醴酒和羔羊

瑞雪

善良的女仙们持帚而哭

145

庄稼在山坡上大片地成熟
而我昼夜在灯中迎归

西安

北方最伟大的城市
青瓦上射出了闪亮的中国历史无罪

半坡

我的爱人就是在那里长成了身体
半坡是我雨水丰盈的坛子

海南岛

你的哥哥是青海
你的妹妹是江南

146

爱人

在复杂难明的道路上是我使你蒙难。
你激动我心的灿烂

中国农民

你这个古老阶层一消失
最漫长的世纪改观又灾难

中国文艺复兴

当脚掌证实心脏的时候
那是一条伟大的道路
一种新生。

黄河

每一支秀丽的蜡烛都在河畔怀孕

艺术个性

命运是一种生存，生存下去的意志
乃是一场革命。

马丁·路德

喜欢语言和罪恶的木乃伊们
是他为你们倒挂起中国农民

欧洲中世纪

梯子两旁星光垂落。

在黑暗中抚摸着炎热的体系产生断想。

乔托

把耶稣还给母亲的父亲
扑灭夜幕后的火光，让位于太阳。

早晨

在雨中我步行去眺望大海。
看气体在四季常青的闪电中欢舞。

大海

正当我一生走上歧路的时候
每日光明的水面使我不被庸人的庇主赦免。

傍晚

三千里外的信天翁舒展着家乡的布匹
掠过孤海上的甲板在空中落下。

粗糙感性

手扶着闪光的火成岩
在木门后的瓶画前燃烧着坐下

新诗运动

它是一个奴隶解放的节日
静夜中我们画下了百代黎明

1987 年 11 月 23 日

塔

四面空旷，种下匠人的花圃
工匠们，感谢你们采自四方的祝福
荒芜的枝条已被剪过，到塔下来
请不要指责手制的人工
否则便是毫不相干
而生灵的骨头从未寝宿能安
在风露中倒在这里。他们该住在这里了
塔下的石块镇压着心潮难平

    他从未与我无关

工匠们，你们是最好的祝福
游离四乡，你们也没有家，唯你们
才能祝福
你们也正居住在手艺的锋口
在刀尖上行走坐立，或住在
身后背着的大井中央，抬头看见

一条光明，而一条光看见
手艺人的呼吸，指向一片潮湿

站在凭吊之上，站在
祝福的对面
我从不心怀恶意
同看着一轮明镜
水银遮挡了我的眼睛

而死者以空旷袭击我们，安息之地。
一片石头砌成的打麦场
无声无息，打下石头做的麦子
怀着幸福来到这里的女孩儿
看风景的好风景，在好里生长着自己的相貌
额头已像麦地金黄
用她们美穗的手指叩响铜盘
洒出露水和汉语消失的声音

而死者以空旷袭击我们
他们生前伟大，手挽着画海的盾牌

袒露的胸膛上刻着诗

他们为我们而死，并且阻止我们

因为他们曾经战斗

而我两手空空，他们都不能抵御我

在我为他们凿下的鱼龙里

骑虎相搏

哦，那倾斜的美貌，热恋中的

葡萄。你们在俯瞰金石的时候

呈现了多美的果实

鲜灵的、牺牲者的乳房

像那些黝黑的塔松，在空旷外环绕

呼吸着青铜上的冰冷

坚实的梦想，此时危险得

好像是一柄开刃的钢刺

深深地浸入新生的毒气

来吧，让我来说：生

对于死

是有毒的，因为他满身鲜花

在死亡中过于醒目
像一匹好马的亮眼
在锈绿的巨蜥眼中打颤

是呵，还是让我走开
让玻璃的窗格晃动在这海边的小小城市
博物馆的红顶
平坦地听候阳光美日的吩咐
鱼鳞混合在细密的卵石上
像一首颂歌

而我呢？塔内的人们
我对你们真正敬爱，决然离去。
给你们留下温暖的气息
十年之后，它将
引导着你们前来找我
倘若我已残缺不全，我
也不会拒绝一根铁制的箍子
那是我的工匠所做

我就在打麦场上
吹动着一片风中的麦子
它说我热爱生活

1988 年 1 月 6 日

太　阳

我们已没有多少逡巡的领地

一种全景上的声息，峻罩而来

走在刺棘的火光之前

插满震威的车轸，轮辐披靡在

我们麦草的帽翼上，翻开

青空深蓝的泥潭。红外和紫外的跨度。

发射它霍拉拉的响声

使大地广博、岩域雄厚，大地

倾斜，使山崖流水

泥炭和葱茎的鳞甲深深包围着大的沼泽

我们确实共存在一个球体上

星陀旋转，海地如磐，茎状硕顸的步武

伐着图案与扬尘之间的距离。心的征服。

我们这些男子的眼睛飙扬在前哨

在勇，在战争，在宏大构思与桥枢的格局

吞吐气象

而什么在衡量着我们？在日下

流火的炎夏荫凉如许，如红色藤壶

使水神的舷甲重坠，是粘土

在重坠着我们的身躯……写照。缩影。

……巨像和摹……极端翘楚着

它那美的夭蛊，使我们半生枉掷

半生徒手，而一生胜美难收

只有

那角质的尾舵和头

在一片晃溢的惊波里镇峙地推进

我们手执着镶饰纯银的量杯。空间和时间。

呜呜的吹角连营。振奋

使长行的鼓府，在召唤我，在化为粉末

呈螺旋型

从我们的指间、手和范畴间落地

块根的顶部生花。

我挥霍过火种

而今我看到很多碎片。

我们与太阳踊筑在一起

与太阳岸距着八支大光

太阳是我的方向，它与群伙的址迹背道而驰

正越过屋脊、螭龙和山脉

我该会怎样看着它在土地上划开的犁沟啊！

麦子伏动，高高的玉蜀黍

张开带着长穗的弧弓

我们的箭镞在流水间打着跟头

洞察很早就不完美

出于恐惧我们干了一切事情

有些是恶，有些是罪行

有些则全然是伟大和良心

孤零零的火球离我们很近

长久的悲痛之后，回忆让事实猛醒

寺。牢。迎风扑面的手摇琴。在长久的困邨

和斗大的气窗，在路上

一支透骨的芦管

或一支酽凉的鹰骨笛，将心理

在本土上绝然地夷平

旌，在丈量者的红布上打着漩涡。

我将看到这个结果。成了或者毁了

这都是我们的事情。

对此我们不要甩曳给别人

太阳是多么磅礴。

乡畛的春畴，田和野

大地稀寥地撂着一块块绿荒

死，和疾病中的肉慄，面颊上的火灾

这是人的事迹

愿我在千支独线的弓弦上

拨出千里镗踏的声音，素怀激情。而甲、盔

和铁匠的盾。

来自黑大陆的、徜徉的投手们

穿过地平线，穿过这不断变换着支点的剪子

斜迈着走来，在思力和反射的空隙间

短促地就使义人栽倒。可是好呵……你这

白石的坚贞，你这黄昏里银色的一地麦捆。

分水岭。

贯穿在脉管的蓝壁间，血旋动着
我知道，思想不可旷怠，只因方向和导体
一天天地举行。人本者和科学者
也是游牧人
为此血流体外，我知道
这就是大的代价和牺牲
我知道血在体内，原浆和火
抚摸着飞禽在丛林上方盘旋时的那种体温
人百共身赎不回
虽不因此而匍匐
而我又何能不以七尺窄门
在城与年的功造上
受火雨的中罚？
我知道太阳在外，因此我们看不见我们的视野
然而它是有的，太阳是多么磅礴
炸开向外的辐路
使我们体内的旋脉和搏涌
终能走到一起。太阳

盛满了大镰刀的车子，收伐在腐草

溜滑的松针和崇原上

金光闪烁的大镰刀，如此众多

太阳没有心理，只有照耀

——冲过我们可耻的围限。

永无穷尽的、太阳的深度

崇隆着它的底质和气浪，沸与静

闪亮的珥冕和崧岳

人类的神往如实

器具在焰轴中心的岩像上

拨动着切入的最高点

我们百代淋漓着，往往从那里

返观着大盾和护心的地面

这时候我们就吐纳了。涵。忽。生和败。

人。排斥和沙虫。

名实下的感觉如此岿然

我们都是太阳的幅度

太阳是强和弱的敏感，没有人声

太阳是放射，然后落成

太阳离我们很近，如此垂正

带来白天，使丰隆的地表

托住我们的眼睛，在盾牌上，在城门

迎着时刻，手举着一个整备的日子。

刺莓和球果大如远市，无论我们走近

还是走远——思想无非是一种光明

艺术在其后或明或暗

踏起瓦砾、丛林，一茎多汁节的蕨草

根和萌，麦地中的血泊塔鼓、原

和多蘖的美穗——太阳

和巨幅的比例，都不会改变

在这里，刺棘是一种晚霞里的生物

人歌从朝阳里出行

平地吸附着纵横的崇阿与小马

武者的面颊黑暗

擦有笔直的红土威严

胸前的刺绣，涌出太阳美好的负屩

河流在人迹罕至的地缘亮丽地分叉

生灵向世界各地的属性

投下它们宽阔的踪影

因此，当我消耗了你们全部的火种

蒸蔚或挥发

并引起敌视和咒骂、你们

抗拒来自从前的慑力时那喃喃自语

都请你们不要卑劣、甘于低能和沦丧

不要背叛人类，本土和使命

后来的威能者们

我们极尽全部的能燃与至善

不是孑遗，也不是衰竭

太阳是如此磅礴

千钧之下，又有谁能不飘风白日

而鹰眼在太阳正中张开形状

                                            1988 年 2 月 9 日

                        163

修 远

触及肝脏的诗句　诗的
那沸腾的血食
是这样的道路。是修远
使血流充沛了万马　倾注在一人内部
这一个人从我迈上了道路
他是被平地拔出

那天空又怎能听见他喃喃的自语
浩嗨，路呵
这道路正在我的肝脏里安睡
北风里，是我手扶额角
听黑夜正长歌当哭
那黑夜说：北
北啊　北　北和北

那人与方向诞生
血就砍在了地上。
我扶起这个人　向谁
向什么　我看了好久
女儿的铃铛　儿子的风神　白银的滋润
是我在什么地方把你们于毁灭中埋藏
方向方向　这白银的嗅觉
无处安身　叫我的名字

浩嗨　嗨呀　修远
两代钢叉在水底腾动
那声息自清彻里传来锐利和疼痛
那亚细亚的疼痛　足金的疼痛
修远　这两个圣诉蒙盖在上面

我就布下了大盾的尘土
完人和戈矛　雅思与斧钺
在北斗中畅饮
是否真有什么死去？我触摸无边
触摸着跪上马头的平原

眼也望不到　脚也走不到
女仙们坐在人类的边缘

修远　我以此迎接太阳
持着诗　那个人和睡眠　一阵暴雨
有一条道路在肝脏里震颤
那血做的诗人站在这里　这路上
长眠不醒
他灵明其耳
他婴童　他胆死　他岁唱　他劲哀
听惊鸿奔过　是我黑暗的血

血就这样生了
在诗中我分布的活血俱是深湛
他的美　他的天庭　他的白日飘风
平明和极景
压在天上　大地又怎么会是别人的
在诗里我看见活血汪霈而沸腾

沐与舞　红与龙

你们四个与我一齐走上风鸣马楚的高峰

修远已如此闪亮

迎着黄昏歌唱

我们就一直走到了早晨

那朝霞

一队队天灵盖上挖出的火苗

穿过我的头顶

洒在修远上

在朝霞里一个人变成一个诗人

诗人因自己的性格而化作灰烬

我的诗丢在了道路上

请把诗带走　还我一个人

修远呐

在朝霞里我看见我从一个诗人

变成一个人

与罪恶对饮

说起修远

那毒气在山中使盛水的犀杯轰然炸裂

满山的崧岳　稀少的密林

无知无识地住在我的修远

那亚洲的白练

那儿子的脚跟　女儿的穗佩　口中的粮食

身上的布袋与河流亮丽的分叉

连你们也不知道我为什么看着道路

修远呐

与罪恶迎唱　迈进我的步武

这就是我的涵歌

在歌中我们唱剑　唱行吟的诗人冒险行善

这歌中的美人人懂得

这歌中的善却只有归返我的家园

唱吧　这家乡

我们分别装入两支排箫

素净两方门窗

这声息一旦响起

就不知道黯淡怎样吹过

天就一下子黑了

说一声修远

天空在升高中醒来

万物愈是渺小　也就愈是苍莽

天人在中心豪迈地哭着

在一派滂沱的雨水里

在大地的正中

于罪恶，我有健康的竞技

排箫从内部向外刮过

使金属四面开合

太阳当顶，独自干旱

1988 年 8 月 9 日—10 月 12 日

辑三

沙漠：芬芳馥郁的祭祀

没有芬芳　没有睡眠

大气中的火焰

在沙漠上搅扰不宁

把我的家园焚烧殆尽

左边是欢乐

右边是痛苦

正如沙漠上空的雪线

砂砾正中那隐秘的瀑布

在道路的尽头

沙漠的尽头诗章焚化

一首诗是一块大地的裂口

一首诗是一种幸福

种子浇灌着种子的幸福

手掌上的绿云

狭长而绵密
古老的荆棘骤然变冷
瀑布曝晒的浴女
孤独而冰冷

席卷着烈火的乌鸦
静穆地栖立在上方的沙漠
它促然的翅膀
搧落了金子
劣马千里奔驰
你的心头践踏着泥泞

绝对的金子　妄想的金子
潜藏着白骨的金子
它不为荣华富贵所具有
一场革命也是一块金子
骆驼在金子上流着古老的泪水
谁不能哭泣
谁就不曾听到过血的声音
和烈火自尽的声音

这天国的地图上

沿着天国地图指引的道路

走过斑斓短命的老虎

在天国的地图上

慢慢风干

在真正的花园里步履轻盈

1987 年 7 月 22 日

乔松：力的祭祀

五面朝往八个方向的山头

连山挂满了白雪

主峰上的金顶

光秃黝黯

妖娆的蓝天眺望着四季不变的乔松

仙后座的目光无人触及

在五千公尺的高山上眺望一夜星辰

朝阳四射

正是东升的时候

红霞插在我的脸上

漫卷的西风吹过长海遥远的眼睛

长海湖边的雪山如营

步行二十里平缓的山路

冻湿双脚

低低的　踏着经年的积雪

然后登上宽阔的坡顶

野地里的独牛

仿佛是我们远路上的面具

一种魔力吸收了语言

青草没过膝盖

长醉不醒

这时候　是哪一种激情撞开了内心

胸墙下凝聚着金黄的花粉　高及我的面颊

一触即溃

沾满了颤抖的窍孔

一柱芬芳四溢的秋荫

波涛明灭

瞻望着乔松

赤身的美人　光明如蜡

紧咬着鲜艳的红唇

闪电席地而坐
闪电的亮光洞穿了心灵

一株七枝向北的
断臂的乔松
吸干了皮肤上冰凉的水清
北方就是那星辰如盖的山顶
大地的乔松使我们无法逃遁

无水的地方
门关户闭
出山的道路稀薄明亮
行人默默无闻

1987 年 7 月 23 日

闪电：速度的祭祀

一

那些迎风的马：青饲料的星辰

靠在你的头上畅饮，

硝石浓烈的气息呛住了优美的喉咙

电光接地的流域里

空气新美，一面是好雪，一面

是西风：冬天里的兆头干干净净。

你就是你

你不能是别人

世界的哀歌总有一天被击中

挖出迷歌也挖出真实的面容

二

一支天风采尽另一支天风
打开伟大的雷霆
断翼的信天翁掉落下来
被嘲弄的俊杰掉落下来
一切都按照大地的厚度运动
没有人不灭，要有人倾听
听秦岭以西的亚洲一片
雪夜连城

三

因此我又聋又哑如痴如醉
首级上的表情久已割去
大光明直抵前胸。

四

闪电的速度，是万里的速度
速度里的白日，速度里的人歌
速度里的飘风

双脚是一种行走的动物
微光的野兽在塔楼外长鸣

五

闪电，闪电，闪电
滚石里的某一块沿山袭下
擦身而过
苍山的踪迹坚实地吸满我们
背影：背影是一种逝去的年轻
闪电辉煌，闪电是彻底的坠落。
闪电的艺术照在对面的美
或者我在速度里面飞升

六

毒气是诞生之南面，是死亡之左手
倘若大火不在
——我使它白白流失
一去不返
我们只好不再握手，闪电画在前胸
闪电是一种惊喜的光
或一条磨洗着铁锈的鞭子
横贯于你我之间。你不会崩坠
掉下的只是我，静听着
刹那珍稀的回声，或
减弱在两个人的胸墙上的回声

1987 年 7 月 26 日

风景：中国之歌的祭祀

我远离尘嚣，走上山顶

亲眼看一带风景

破庙的颓墙在风中危峙

几根圆木在沙化的砖墙上柱立

一阵硬朗的长风吹来

这鹰鸷窥伺的秃墙就射出粗大的砂子

映山红簇拥的、没有草木的山顶

峭壁上的山顶

砂礓像刀子一样的山顶

把我割出血来的山顶，双脚的山顶

用我自己的眼睛

去看那些心胸坦荡的风景

它在我的幻觉中

许诺了语言并且不时感怀

使深藏着抱负的人们产生平静

树丛伫立在泉边的风景，人民在
诚实劳动之后迫切需要的风景
勿以失败为意
走近它就像一片陡坡上的花园
走向一个世界的儿子
我生活在一个疲劳不堪的世纪
办事员在门洞里进进出出
风流和腐烂怎样生活狂徒们也怎样生活
每日里的批判
只是为把内心侮辱
而我时时被判为陈旧
也只是因为热爱麦田上空的风景
并且常常走近岩层的风景

中国的风景，牛群驰下山坡的风景
巨石如云的风景
激涌的瀑布跳起水花
使浇淋的皮肤眩晕

泡沫在意志上冰冷

我时时念起生命短促的名字

它的节奏像锋刃一样使人狂喜

既然愚蠢使我烦躁，美人的美

不再出现在不朽的艺术里

人们只想如何调弄自诩为汉子

或使变形、使呐喊肮脏

那何妨使目光苍茫

往一只无底的金筐子里，倒入

硬实的苹果，红绿相间

让青光刺在心灵

我不会任人蛊惑

因为命运并不像那些蚁穴，内心的

蚁穴，钻向一切可以溃烂的地方

并起劲地扒开一些窍孔。

向日光吠叫，那是什么

是你们吗？

长堤一样舒展的手臂

倒在堤头，浸在不腐的水上

不蠹的门枢和不锈的口中

刀口上血液淋淋

在一个早晨我们回去：

夺目的清晨——无话可说

而切近的身体清朗纯净，无须像

意象那样叠来叠去

布匹在炽热的阳光下蒸软，火辣辣的

水面紧张地绷开在岩石上面

却不待晒热

湍急地带走一些感觉，湍急地

射走一些新美的气息

湍急地射走毫不停留

来到深彻砭骨的河心，黑暗

覆盖在上面，水下沸腾，水底完整地

向前冲动结实而蓬勃

来到北洋的中流河口激荡

抬头望见七颗北斗

和那指路的星辰

运行时不息的，宁静的

正如潜在的深湛

而那条纯粹的手臂长流在不朽的大地

擦亮一颗金头，并且摘下它

十指萌动

谁能交出这金筐里的烈火？

交给思想，交给但丁的新生：爱的人

1987 年 8 月 2 日

零雨其濛：船的祭祀

一

风暴过去以后
最好的船长走向船头
在甲板上瞭望海神
风暴过去以后
醉意酣畅的大海抛起深奥的孔雀蓝
波涛源源流露

二

好像磨秃的箭镞
射在舷上
在台风里敏锐的耳朵

这时候松懈了

泡沫的声响在听觉里恢复

三

水手一人未失

在各自的岗位上吃着干粮

好望角：达伽马的犄角

暴风的犄角，停泊大陆的犄角

这时候是好希望

四

大海成块成块的

隔着红酒经年酿造的亮光

头回出海的新手

看望瓶子那边透彻的水面

大海如幽暗的音叉：碧绿的丝光闪闪

五

畅饮：我的船长
畅饮：我的第一位朋友
　　　山乡里木匠的儿子
十九岁的时候，你朗读
德国的海涅：阿格纳丝的海洋
并且彻夜长谈

六

火热的甘甜的酒浆
烧遍了纪念者干旱的五脏
眺望荒凉的海水波动
一阵温暖迎风扑面
吮吸着瓶口上海洋冰凉的咸味
空气鲜涩　空气清新
空气久久无言

七

船长，船长呵，我的船长
零雨其濛，水滴遥落长天
祝你身体健康
水滴掉下的时候
蒙盖着我和惠特曼的诗歌又一次解放

八

船长死了，在昨天
在朋友告诉我的时候
我微微笑了：你开玩笑！
第一位朋友死了，已经死去两年
来到墓地，久久不看
对面的岛上旋转着天线
向阳坡面上阳光斑斓
安息吧，当我走在街上
我忘不了他们巨大的心脏

九

我们每一个人都必然死在自己的心脏

十

秋天　夏天　春天和冬天

铺开我的晚宴

乡村悄悄移去

大地悄悄地移去，在那里

亮着瓦下的灯光，雨后的泥泞

潮湿变紫，挂着蒜头和辣椒的屋子里

酒架如尺，如光阴

牛群宽大地走动，轰轰地喘气

默然反刍：对面是一片峰顶耀目的雪山

十一

呼吸也是一种流泪
噩耗传来，我深深地呼吸
他使我的双腿迅速而坚定
雪山过去又是海洋：亚洲的南部
亚洲的东部和他美丽的邻居

十二

这两个中国人的灵魂如大海飘荡
迦太基的遗址上春云密布
汉尼拔，穿越阿尔卑斯雪山的
青年英雄
必与他们的灵魂相遇
二百一十万朝拜麦加的信徒
冒着今年的枪声
下到闷热的山谷
这两位死者的灵魂，穿山入海

走遍未完成的世界
请你们告诉我中国的木材
拜占庭金船后的木材

十三

对于息息相通的灵魂
死者对于生者
必定灵魂附体
只有一个灵魂，不能称为活着

十四

让我的诗歌不再是诗歌
而是一次追荐宴，一首安魂曲
或者是一次英灵齐在的大弥撒
关于中国的海洋
中国的船长和中国的朋友

十五

今我来斯……昔我往矣
中国的雨雪和中国的杨柳
让我稀少下去的
分布广阔的友人
一一地看到有谁活着
有谁死去：并且衷心地知道
他们长久地活着
那就是真实了

十六

死无葬身之地的年月
家乡的太阳必然一无遗漏

1987 年 8 月 3 日

八月：奥秘的祭祀

桥梁是美的

那些山沟里杂乱而众多的红石头

是美的，在赤裸的桥梁

穿越它头顶的时候

它的镇定是美的

一道火线穿过上方和断层

连成一片的窗口闪烁

旅客们像回忆那样消失在山中

消失在世界上

带着回往家乡的目的

只有绿林歌唱，水在歌唱

强盗们破烂的影子在恐龙的遗迹里

没命地出没

然后不合时宜地死个干净

山水清澄，天光暗淡，热带丛林里

烈绿如死，也带来春天的消息

竹索上的溜子

吱吱作响

绿林寂寞而疯狂

疯长是一种根本的迹象

将叶脉吹得透明，然后向阳折断

撒水如注

仁者在山中独自长大

观水而流泪，生下眼睛

由江心的急流刺痛

久酿着死期的躯体由生命刺痛

而仁者的梦如智者的梦

从未完全出现

帝王说到自己的愤怒：

伏尸百万流血千里

而民间的勇者毫不松懈

在自身的血泊上拉开尺子

八月的奥秘长存潜伏大地

只要流血一丈甚至寸许如剑

便将我们洗清

只要干旱里的山涧

默颂如洗，在泉声里破出一线空隙

依窗眺望的人一闪而过

双眼久闭：平生短暂如斯

奥秘是人生的场所，永远的场所

从不独自出现

铁桥上钢青色的光芒

使意志常年久久旱

红石在地图的对面大块地干裂

而世界怒放如花

秋水低于山顶

1987 年 8 月 6 日

鸟瞰：幸福的祭祀

一

白天，乡村的麦浪滚向我的城门

二

写作一首诗，其实也就是在等待
麦穗走向台阶的声音，并且
在日光里
　　　　开辟一条航线
潜入鸟群的王国，在它们沉睡的时间里
长久地观察芦苇间，一茎安详的绿叶上
唯一活着的眼睛

三

而鸟的面颊，另一个岸上
仍然活着一只眼睛
光线透过它蓝色的虹膜
建筑着幸福的影子

四

两千只眼睛同时醒来，是我的幸福
幸福的城是一面明亮的镜子
居住着我的内心

五

梦中之梦
悬挂着硬实而多汁的果子

六

两千只苏醒的黑眼睛，比光线暗淡
然后比光线晶莹
多么美丽的白天，多么美丽的夜晚
人生简短的一瞬，我开始大声地飞行

七

一千只倾斜的鸟儿平展地起飞
低沉地掠过江心，在我的家乡上空洒水
给我以祝福
就像光辉使一块大地和另一块大地毗邻

八

鸟群在明亮的河面上
是生与死的梭子，一只鸟在空中

捡拾另一只鸟的声音，也就是我的声音

九

移向海洋　温暖的鸟儿们

并且在那里快乐

大如北溟　薄如北溟

　　　　　鸟瞰壮丽的人生

和日出时蹼动的鱼群

祝福那些在东海岸吸收日光的人们

和畅游在海峡里，光着身子的伴侣

在那里，细长曲折的海岸线

万里不绝，海水澎湃如阵

十

移换着光阴

流水如阵，又如战斗的乌云

鸟群的翅膀在云层的脚下筑起金色城池

又向头顶播种浓荫

就像是大陆依傍着海洋

吸收着岛云的蒸腾

十一

绿水如霞蔚　　高塔如象征

新生如光明

　　　　　　而

长诗如击水

1987 年 8 月 9 日

天然：耶利米哀歌和招魂的祭祀

让我的思想全部为你祈祷
剥夺了我的家乡，剥夺了
我的思想，那也把我的身体拿去
那就是我腐朽的日子
把我的乐土和肋骨也一道带走
别让我的诗章和你剥下的金属活在一起

铜箔的波动筛落固体，从那个时候
我就知道：为什么我要不朽呢
当纸片散布在云尘之中，疯狂的神经
留在街上　太阳东升又西落
我又为什么要不朽呢

与其被观赏
不如暴风四溢，我们葬在一起

风化的豹子在雪山上逃遁金色眼睛

那超绝的智慧

必须抛弃自己的躯体

才能成为永恒，一线绿光

埋葬在活力的头顶

太阳周天而过

大陆的天青，倒着四个文明

谁应运而生

谁就未曾料想

        你是另一种事实

破门而出的是另外一些盐和另外一些灯

退往黄金　　退往白银

你越来越多　　你知道数目越来越近

毛泽东不动　　汉尼拔不动

在它的格子里　　宽大平直的白色边缘

使思想渐渐生病，在黑色的

玄武岩上凿下楔子和象形

没有光　　没有意义

天穹深刻而又暗蓝　红色的贫民窟

涂成一个平面

粉碎、磅礴着内容

你看不见的是思想

是千朵暗红的雄蕊追击着另一些鲜红的芯子

一些闪光

　　　　　越来越多地投向偶然

黑夜是一种更加愉快的力量

心灵内乱

你们之间已经失去距离，你只是一块炮火

在天国里你只是一种声音

源于某一种植物

人已被发现　动物已被发现

你往前走是自杀

你痛哭而返是一位僧侣，一个寡淡的老人

而在这个站立的地方，不存在一个

也不存在第一个，不存在

什么隐士，感觉都是事实

猛兽早已大于稀薄的森林

平原上

进行着开阔地上的厮杀：火

这便是万王之战

万王们衣衫鲜丽、衣衫褴褛

这就是天国的地图

现身就是化身，地图上看不出什么

自救意味着另一种事实

人类是伟大的梦境

数无眼，并且蒙蔽眼睛

耶利米哀歌

或者招魂，这就是我的祭祀

图案和哀歌指认动作

穿过，并且来到自身：火焰之所在

连成一片

祭祀到此为止

火的仓库　清水的仓库　种子的仓库

一个接着一个

门朝着最后的地方

最后你无需猜测，迎着

云暗的地方和晴朗无云的天气

知道的怀疑你　不知道的建造你

不是永远，也不是预见

你坐在玉米正中　长出身体

黑色的劣马汗水淋淋

遍地发亮

光滑地挤过空间

　　　压力之中时光飞逝而

空间狭窄

只凭呼吸相认　四周

　　　马汗蒸腾

　　　青碧的夜色中洋溢着大块高地

任意

变幻或飘散

长尾的彗星以沙盘之手触走荧惑

大红沉落南方

一片湿土如衣

大地正开阔地倾斜
沸腾下去　热浪舒伸
一个球体：山峦如钩、如新月
雪山历历在目
冻结着兽粪和潮湿的亮迹
太阳又将西沉
又将耀眼地跳动
恍若一个金头劈开黑暗

1987 年 8 月 14 日

诗人之梦：人类的祭祀

那些隐在夜色中的

默无声息　身有微光的影子

幢幢地移来移去

刻画着雷声

我渴望知道他们是谁　是不是千百年来

我那些言语不通的乡亲

夜晚　梦游时四围如盖

两眼漆黑　门被触

门又折合在另一个方向　他们悄无声息

光短暂地一亮　上帝一亮　雨下来

闪电用了千年

在暗处我们学习了它的速度

那些充斥在洪亮的头脑中

并使之眩晕的斗笠

它藤蔓的边缘

在继来的冥色里，以梦之流

以速度的波纹进行、变幻

总将你抛在一边

此刻灯光一亮　它就减缓下来

但烈火真金都要自这梦中消失

一个鳞甲如王的金菠萝

突然销声匿迹　记忆又算什么呢

人们在一瞬的光里都不似痛苦

于是光线衰落　战争中的蒙难者白死了

女神们一次次地经历阵痛　而后代依旧麻木

渐渐地她们不再生人

只是生下头颅

这广阔世界上的铁矛深深地插在我们正中

求什么理解　既然不再感动

惩罚是多么聪明：使思想成为疾病

意志阻止了软弱

也阻止了梦

阻止我们相见

然而我清楚地感到　手足变短

新生的婴儿后背上铺开着一百只眼睛

使母亲于战栗中将兄弟流产

使诗人哀恸　而那些眼睛无动于衷

你如说梦

另一个梦正阴沉沉地进入

比刚才那个更加完整

一种放大了的背脊，眼睛的布匹

以一种低掠的姿态

进入阴影

穿梭在

双眼久闭的面颊之中

面颊为之改造　浓荫碧色晃动

网形的水光反射着速度

蜻蜓的视线明亮模糊

倾听着树冠所发出的

疯狂的声音

听觉被轰炸了

持久的尖啸在耳朵里

踉踉跄跄地拖曳着黑影　它们

来而复往　来而复往

逼近诗人的瀑布　在已知的地方

也在失火的、训诫着荆棘的山上

翠绿的十字定定地插在回光之间

然后千人一面，突然靠近

我不认识他们

他们来自大塚如针　数字如针的学园

语言如同盲文

从纸人的屋子里铰下的碎片

我为什么来到这般异乡

没有一种呼唤来自友人

我重过着没有课业　也没有神明的日子

然而欢乐永不再来

神经在一个筐子里如谷粟拨弄

我到过这种地方

再度生活就是再度生活

而我不想再为地方而来

而是为了寻找那些亲人

夕阳如老人和棺木

夕阳互相抚摸

没有人知道我怎样在夕阳里失踪

这是不可能的

我们曾经在一起生活

看酒　挑选生存的鞋子

一起在路灯下模仿美酒

大声地唱着上帝的声音

并且深深地呼吸着　空气清新

而今呢　你只会说我是诗人在梦

我知道我复现着一切

我一个人在看酒，我一个人

在挑选鞋子，我一个人

在路灯下如美酒清醒

我的声音清清楚楚

我就在那里转过身来

丑陋无法逼近

一轮太阳席卷身影

那么多真实的人

在梦中走来走去

在与不在　我全都见到了

他们并不互相嘲讽

也未曾以机智卖掉青春

我就在那里

看你们的游览

——一个人　一个独眼巨人

弯腰死抱着另一个独眼巨人

就在那些游览的人们当中麻木地矗立

不可移动：而来往的陌生人又是什么

另一个独眼巨人

安详地垂着骇人的面孔

垂着巨大的猪圈

是的，他弯着腰　他不须进行恐吓

他只是紧紧地抱着

又一个独眼巨人和下一个独眼巨人

人们不知道他们在干什么

他们就这么站在来来往往的

真实的影子之中

吸引着游人，供他们交谈

然后，就在我走进这个屋子之前

他们一个一个地挨次直立、消失

而四个独眼巨人安详地压迫着的

是我　或者是我们血肉的兄弟

我站起来　呼吸了一声

紫血迸射

鼻青脸肿　向这幢屋子外面移去

月亮明晃晃地挂在树梢

卡车刚刚重载着绕过厚实的城墙

尾灯一点猩红

而我的梦

在醒来以后更有力地

穿进我的头颅和四肢

像一根血色的钉子

牢牢地把我钉在原处　春天的

浓厚的大雾从岩石下阵阵袭来

梦像一些破旧的　盖着军用大衣的

木头箱子　供人入睡

梦像一片棋局，也像一次雨和甲板的谈话

梦的殴打不需要什么诗人

我们无法举动，来自盗火之城

春天的浓厚的大雾

从巨石下阵阵袭来

我悬挂在那里　鹰鹫啄食着　我的

肝脏

1987 年 9 月 2 日

乱：美的祭祀

这是古典诗歌最后一节的中国名字

吾土之歌最后的一节

或者是一场战争

人们在修起的城墙上

拆毁了最后一道防线

也就是这些损失惨重的人们

吹起了中国的民间音乐

一个印度人，一个犹太人，一个希腊的

城邦诗人和一个古罗马的士兵

对我说：你们中国的歌子是悲哀的

我们并排站在

像春天一样深刻的城墙上

这些曲子都有一些难忘的名字：杨柳

或者是：梅花

我们都知道我们奉献出的王和英雄

朱利乌斯·恺撒　伯利克里

项羽和观看舞蹈的所罗门王

他们都曾经割下过我们的脑袋

我们都曾经在低地国家

感受过海潮的威压　载入希罗多德的历史

和精卫的叫声

在爱琴海的白色泡沫上

把竞赛的歌　城邦的歌

像裸体一样健康的歌

送给退潮时露出海面的

三颗报晓的星辰

到今天，我们失去了很多美好的东西

美杜莎的舞蹈把我的头颅砍去

当作一只金碗了。在亚洲中部

雪山下开着蓝花的

黝黯的山谷里，大汗的马队

把我的兄弟们

一个一个地砌在石膏里了

至今他们的声音已经风化

遗址还在

而我们的生命却再也不会有了

谁还能蠲弃美好的歌声和感情呢

说美好是古典的事情

我能够相信你么

说自由是不能歌唱的

我能够相信你么

我沿着生命的大路走向我的老家

拿着我诗歌的粗碗

我写的肯定是中国诗歌

我是那最后一节的、乱章的歌手

我听到在这个世界上

白帝之猿的啼声

沙漠上丢失整个军团的声音

和蚂蚁把它们淘成沙子的声音

都是一样的

勇敢　雨水　新生　眼泪和美

都是一样的

我也忘不了

我父母的眼睛

长久地停在杨柳之上

好像也同样是两棵永远的树木

1987 年 8 月 13 日

贫穷的女王：女神现象的祭祀

我走过了群山

或把宽大的河流瞭望

我倾听着悲哀的歌曲在甲板上吹响

那艘灯火辉煌的船

在远处驶过

静静地消失在海上

风起风落　风消风涨

潮水在岩石上熄灭了阳光

又修复阳光

那艘滑翔的船

在水里张开叶片

犹如美人在水里张开双眼

单薄的鱼群闭着一队眼睛

和她清楚地相撞

呵，这些沉默的哲人

在死前久久地冥想着诗章

一扇扇旋轴美丽的窗户

在光明里悄然合上

一间屋子　一间间挂着金色画面的屋子

是一座小小的村庄

我打开那一朵朵碗大的向日葵

盼望它们断断续续　仍然生长

我枕着那抒情诗人的悬崖

他们未完成的断章像悬崖一样

爱过　生活过　凋谢过

美人逆来顺受　美人被无偿占有

美人在诗歌劳动的白纸上

是一种女神现象

美人在平原上失去自己的声音

美人通过女神歌唱

美人在刀口上安坐

美人在民族的布匹里裁剪衣裳

美人没有过错

美人是地球上的青草　大花开放

美人没有理性　没有话语

黄昏淋漓着粗硬的头发

美人一天酣睡　傍晚梳妆

美人热爱生活　生活很快就不属于她们

美人看生活如看大地

大地在美人里看自己

美人迅速地消逝　如船

沉入海洋　你不要寻找理由

风怎么样　海怎么样　船怎么样　美人

就怎么样　美人

劳动者的女神　劳动的女神

刀子上的女神

有时希望　生于绝望

绝望长进身体里的是希望

在黑暗里死去的是她们

在水底里死去的是她们

我们在两个身体上相爱

我们隔着海洋相亲

隔着短促的庄稼　我们

收割了父亲

隔着避难的场所和铁网

我们割断了自己的手指

换给女神一尺口粮

一尺口粮是一个神情专注的脸庞

飞旋的亭子住在她的脸上

美丽的亭子　蓝色的亭子　四面透光的亭子

像砍柴人的背篓一样

盛起了那么多干草　日子不长

干草的阴影——这青草的黑帽子

低低笼盖她红艳的胸口

草帽　人类的草帽

在劳动之间　不声不响

我曾经看见　大雾弥漫的车站

住着失去王位的女王

她卖掉了命运的车子

破破烂烂　徒步而来

再也无力徒步而去

一生如此完整　神情高尚

我曾经看见

死在棉花地里的女王　和死在大桥下的女王

割下一寸寸的衣服

放在专事乞讨的酒鬼手上

我看见地母盖娅　渡过长江　辛劳流浪

日夜奔忙

因为冰雪满地

冻死街头　像锁链一样

冻死　这就像火柴一样

打开希望的盒子

放入最后的一根火柴

这支火柴随生带走

用来照亮死亡

唉死亡　死亡　盒子里的疾病

就像燃烧一样

一生如此完整　神情高尚

我曾经遍布青山绿水

我曾经渴倒荒凉

我知道雨水甘美　大地的儿子

我曾经注意那干渴的女王的表情

在船头　在我们这条变乱的船上

放荡的铁律挂满船舱

风车拼命地吹着

吹破了我的笛子

我曾经沧桑甘美　平原欢畅

在她们的舞蹈中忍下泪水

我在我的年代伸出双手　我这时间老人

心情应该平静

我在我的年代是一个年轻的人　一道亮光

对于我的嘲讽也无非是：一个人

只有一个人

一个人在嘲讽的年代是高尚的

我曾经看见

她从炽热的街上走来

看着夜店封闭的大门　她曾跨入门槛

鲁迅的门槛　屠格涅夫的门槛

索菲亚的门槛

胜利与希望之星的门槛

胜利与希望之星

大门独自灿烂

我看见她走在街上

在流年以后　在冬天以北

哪里炎热

哪里就拍卖过奴隶

她衣衫陈旧　衣衫美丽

她的牙齿被掰开看过

我看见她走到敞开的窗前

女神，你想喝水了吧

那彼岸的水和今生的水

上帝赐给这人间的水

冻成清水的水

她痴心盼望　痴心在她的脸上

是一种我的感情

哦　我们可怜过谁　哀悯过谁

我们可曾这样污辱过谁么？

女神　我世界上的诗歌

我流浪的美学和家乡的美学

我们呆呆地站着

我无须辩驳我的生命

我看见了那种美人的步伐

昔日和即来的步伐

她们旋转在世界的四周

舞蹈如花　美丽的鲜花　五月的鲜花

我们忘记了我们

我们之间只有拉起的手臂

这落日中朝霞般的手臂　乔松和小云

舞蹈在我们生和生我们的地方

她们舞动如生生不息的鬼魂

我是她们的影子

就在原来的地方

我在早晨的雾气里把她们看清

她们来到伟大悲剧的城

她们来到节日的乡村

原地不动或永远地运动　她们跳成了影子

她们坐在鲜红的椅子上

靠着沐浴过的栅栏

气息在她们芳香的　紧束的腹肌上抽动

她们坐在落日后面

波涛起伏　脸上布满阴影——

窗户和凉风习习的阴影　陶醉了她们

她们不知道明天

因为我们都在这里　为了

一个舞蹈而欣喜

她们也不知道少女时携手而来

就不能再从世界上活着离去

她们坐在鲜红的椅子上

她们是一片血人

她们靠着栅栏　一生都不知道

这是难忘的呵

这是烈火和青铜的艺术

我确实看见她

我曾经看见这贫穷的女王

她有着粗糙的手心和光滑的手背

她幸福生活的裙子

垂在暗中

像那大海的船灯火辉煌

移进黑暗

江南的女儿　中国的女儿

西安的女儿　土地的妹妹　家乡的妹妹

我的没有到达的家乡中

幸福的妹妹

她无畏的双脚

长在她的腿上　穿着人类的鞋子

一束完整的灯光照出鞋上的尘土

火焰的豹子　舞的豹子　大气的豹子

已在劳动的灯中沉睡

窄长的鞋子　灰尘的珠宝

劳动的珠宝

珠母的光辉　水的渴望

我们一生都在走呵走呵晒呵

辛苦的鞋子

黯淡的鞋子呵　断裂的鞋子

默默地缝好的鞋子呵

站着你的十只贝壳

就在这大风搏荡的道路上

她无知无识　被人嘲弄　听着好的话语

那是她

只有她在命里赞美地球

我无知无识

因为我在地上死去

搓碎了土块　拍打双手

河湾滚烫地弓在那里

河面上晾着银子

波浪干燥地皱皱起青黑的鱼背

猛烈地一晃　然后投进水底

哦，你这白的河

古往今来

有多少河流的大手让无语的鱼群曝晒阳光

浮起水面

然后深深地遗忘

这条雪白的河

它一展千里

在它们沿途　在两岸　土地全都翻开了

没有种植庄稼

蒸腾着热气

为这河岸而开垦而不去收获的民族是智慧的

它遵循水的原理

两三棵质地很差的树木

美于它的命运

生机蓬勃　疏松的肌质

在沿岸的徙者眼中洒下茸毛

使视线在大河上模糊

俄而　有上流漂下的草根错杂的土块

蹭在它的河湾上

去年春天　我见过它们长出了青草

让你的洪流奔腾在日光下面

让你的飘土靠上大地

它可是怎样的河流呵

桥跨过它　人走过它　阳光赞美它

炎热笼罩在平缓的河面上

蜉蝣在苇根旁滴溜溜地打转

她泅水经过这里

到大河去安身立命

到大河中央

她仰首阳光　以待喘定

白色的胸膛起伏

就像大陆的碎片　人类的谋生
天空投下的影子

哦日球　太阳的女祭司
家乡的妹妹
我的安魂曲　我的大弥撒
我的中国民间故事

她的一只鞋子是遗落在岸边了
另一只早已走失
那鞋子里会长出人来
那是葵花之女
因为她久已被传为水里的精灵
因为她有大地的皮肤

哪一天夜里　或一个白天
当我们像泥土和神明死去的时候
大花沉睡　烈火在鸟背站立
锤打着嘹亮的房屋
我便久唱着不朽的歌曲

让她收走我的血浆

她一层层地收走我的头骨

揭开我的耳朵　深入我的身体

当命运刮过人类的庄稼

富于幻想的庄稼

骨头成行地啼鸣

提着智者和情种的头颅

　那生活所给予你的

　连命运也不能把它夺去

1987 年 9 月—1988 年 1 月

身体：最后的祭祀

木刻者用疏密的线条，
裱出那原画来。

　　　　　　——鲁迅

我们跟随着那种向往
那种幻想和减弱的光线
来到生活营造在精神的石窟
在这风暴平息的不朽的岩洞里
徒然地滋生着恐惧
而无人可以安息
古代的马和青草依然进退俯仰
靛青的颜色攀附着千只脸庞
而彩色的双乳不复消逝
年轻的人们窃窃私语

我的梦幻滋长，生活也随之滋长

啮咬着神经，使久居此地的导者

习惯了在微光中行走

没有灯，也没有梯子

滴水穿过耳朵

射中一只蚂蚁或一个死角

大片地从墙上流淌下来

我们从一个石坎跳向另一个石坎

像豹子一样，然而两眼漆黑

又像钻入穴道的西风

摸着墙壁回旋，终日打转

把肩膀吹得酸痛

挑水的僧侣们栩栩如生，在

这些角落里走着，在不起眼的地方

让位于那些围猎的武士、帝王

和猛虎的吼叫

这一切都在光年尾逐的寂静中进行

绘画上只有神态，没有声音

而它们应该活在这里

被追杀的豪猪永远在奔跑，永远
停留在那个没有被射中的前夕

我们为什么来到这里，为什么？
不能永远生活，就迅速地生活
而
耳朵、七窍和心灵的门
不蠹不蛀也不腐蚀
像当初一样温暖，怕冷的旅人
在衣袂下敷热双手
只有暗淡的光线在造物的第六天里
衰微，宛如洞底的月亮
向后摸索　我们谁也回不过头来
碰上的是另一个熟人
或者一声惊叫，它复归沉寂的
地方，飘动着一缕芳醇的气息

于是我在黑暗中独自微笑
使我们有别于鬼魅

虽然我们谁也看不见谁

而快乐依然飞去

晾在蓝天的门槛上

好像一些饲养着和平的蓝色高粱

在黑暗中，在洞彻者的路上

你只有这样看清红色

或者在迷路的时候醒来

想象力促使我猛醒

不再踟蹰措手，纵使在前方是

一只狮子，一只豹子，一只野猪

或一朵漫天的曼陀罗

走。或许是一片光明

漫野孳绿，或许是万丈深坑

幽泉浸透了呼吸

使惨叫微弱下去

而在上的人，本是陌路相逢

此时却大声呼唤

你可能知道我的名字，也可能

不知道，于是发出的乃是大地的母语

——"树林""河流"
　　"兄弟"或者是"波涛"
波涛……
而生命此刻像矿石一样割开地面
爱的纯金把我彻底地夺去

然而，我们都渴望走出无光的境地
向前走，或者可以听到结伴的旅人
脚踏着潮湿的砾石　摔进黑暗
一步一滑地向着遥远的洞口奔去
我并不信任死亡，因为在黑暗中
怯懦的心肠也会咬断神经
也会因此而落下一块石头
并且怀着有毒的隐秘
我并不信任混乱
也并不信任那些不掩饰贪婪而号称真诚的人
当呼吸的丝络断裂，茫然不可辨识
我们来到镌有神奇的地方
亲手抚摸黑暗的岩画
随着境界的深远

身体里任何事情都可能发生
并且可以有许多事后的理由：既然
连天国的地图也只是
一片黑暗

我们怀着在前的心情
走上了这段荒凉的道路
草在这里长得比人迅速，而砾石
比我们坚硬。如粉末
又如失修的纸片——
无论我怎样走过
颜色结成的板块都会跌落
硫黄和白垩的气息
萤石和孔雀蓝的气息
浓烈地扑向我们的身体
而我们的身体里总有着那种激动
像爱，像生息，像
高不可测的头顶上大风吹过那些
晒成金黄灿烂的沙子
像它在风中抓着地面的声音

身体里的这种感动

就像走出洞口

就被强烈的阳光撕得粉碎

1987 年 8 月 8 日